그곳에 네가
있어준다면

시간을 건너는 집 2

그곳에 네가 있어준다면

김하연 장편소설

특별한서재

차례

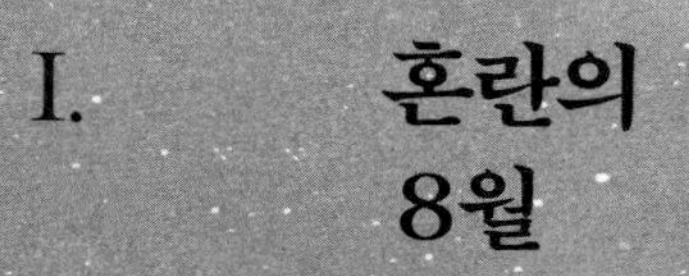

I. 혼란의 8월

1

민아는 아영과 지우의 팔짱을 낀 채 학교 복도를 걸었다. 교문 앞에 늘어선 떡볶이 가게들을 떠올리자 배 속이 꿀렁거리며 허기가 밀려왔다. 친구들을 끌고 즉석 떡볶이 가게로 돌진하고 싶었지만 지갑에는 천 원짜리 몇 장뿐이고, 지우는 오늘부터 아영이 다니는 수학 학원에 같이 간다고 했다. 안산에서도 알아주는 학원들이 모인 본오동으로 간다나. 아영의 엄마가 지우까지 자기 차에 태우고 등하원을 시켜준단다. 지우가 민아의 팔에 몸을 붙이며 징징거렸다.

"민아야, 너도 같이 다니면 진짜 진짜 좋을 텐데."

웃으며 괜찮다고 외쳤지만 속마음은 그렇지 못했다. 자신은 가질 수 없는 수많은 것들. 새 아이폰, 친구들과 함께 다니는 학원, 나만의 방, 값비싼 아이돌 굿즈 앞에서 찌르르해지는 이 기분을 어떤 말로 표현해야 할까.

지글지글? 부글부글?

민아의 웃음에 지우는 마음을 놓은 모양이다. 수학 학원 따위가 재미있을 리 없지만 둘은 들떠 보인다. 차 안에서 수다를 떨고, 쉬는 시간이면 편의점에도 갈 수 있다. 어른들이 들으면 코웃음 치겠지만 중학생이 누릴 수 있는 행복이란 그 정도뿐이다.

한여름 못지않은 뜨거운 햇볕이 아이들의 정수리에 내리쬈다. 지우와 아영의 팔이 팔꿈치에 끈적하게 들러붙었다. 오늘따라 친구들과 낀 팔짱이 영 불편했다. 교문 근처에는 민아도 알아볼 만한 외제차가 떡하니 서 있었다.

"저 차야?"

아영이 대답했다.

"응. 우리 엄마 차."

지우가 민아의 손을 맞잡고 흔들었다.

"민아야, 내일 봐. 쉬는 시간에 톡 할게."

"응응, 열심히 해."

아영이 가볍게 혀를 찼다.

"너도 같이 다녀야 되는데. 우리도 내년이면 고딩인데 어떻게 집에서 인강만 듣냐? 엄마한테 학원 보내달라고 해봐. 밤에도 알바하신다며."

아영은 번번이 지글지글과 부글부글을 일으켰지만 나쁜 뜻으로 그런 말을 하는 건 아니다. 돌려서 말할 줄 모를 만큼 솔직할 뿐이다. 정말 못된 애였다면 진작 절교했을 거다. 민아는 자신도 그 정도는 구별할 줄 안다고 생각했다.

"알았어. 엄마한테 말해볼게."

"대박!"

지우가 손을 세게 흔드는 바람에 팔꿈치에 뻐근한 통증이 밀려왔다.

"빨리 와, 김지우. 지각하면 샘이 잔소리한다고."

아영의 한마디에 지우는 민아의 손을 얼른 놓았다. 민아는 두 친구가 차에 타는 모습을 지켜보다 떡볶이 가게들 쪽으로 방향을 틀었다. 혼자 남으면 심심할 줄 알았는데 왠지 마음이 편했다. 셋은 같은 아파트에 살지만 동이 다르다. 아영은 102동, 지우는 103동, 민아는 101동. 101동은 다른 동들과 뚝 떨어져 있다. 주차장도 따로 쓰고, 놀이터도 그렇다. 101동 놀이터의 그네는 줄이 끊어진 지 백만 년이 지났지만 사용 금지라고 휘갈겨 쓴 종이가 아직도 붙어 있다.

101동은 저소득층을 위한 임대 아파트다.

엄마는 택배 기사들도 101동을 차별한다고 분노했다. 다른 동으로 온 택배는 문 앞에 놔주면서 101동에 온 택배는 텅 빈 경비실 앞에 쌓여 있다. 하지만 민아의 엄마도 임대동 주민을 대표해 택배 기사에게 항의할 용기는 없었다. 민아는 엄마가 입을 삐죽일 때마다 엄마의 팔짱을 끼며 말했다.

우리도 빨리 부자 돼서 넓은 아파트로 이사 가자.

과연 그럴 수 있을까. 그런 행운이 우리처럼 평범한 사람들에게 찾아올까. 그렇게 좋은 일은 대단한 복을 타고났거나 공부를 아주 잘하거나 얼굴이 엄청 예쁘거나 잘생긴, 어떤 특별한 사람들에게만 일어나는 것은 아닐까.

떡볶이 가게들을 지나 먹자골목 쪽으로 방향을 틀자 엄마가 저녁 알바를 하는 닭갈비 가게 간판이 보였다. 먹자골목을 지나면 주택가가 나오고, 주택가를 빠져나가면 민아가 사는 아파트 입구가 보인다. 비슷비슷한 주택과 빌라들 사이를 걷는데 앞쪽에 한 할머니가 서 있었다. 숱이 풍성한 은색 커트 머리에 품이 넉넉한 리넨 원피스를 입은 할머니는 마치 민아를 안다는 듯 온화한 미소를 지었다. 민아의 시선은 할머니가 서 있는 파란 대문을 지나 그 안에 있는 이층집으로 옮겨갔다. 다른 주택들에 비해 유난히 높은 담장 때문인지 생경한 느낌이 들었다. 빽빽한 속눈썹을 깜박이며 집의 외관을 탐색하던 민아는 금세 그 이유를 알아챘다.

2층에는 창문이 달려 있지 않다.

이런 집이 있었나 싶었지만 친구들과 수다를 떨며 걷던 길이라 주변 풍경은 제대로 본 기억이 없다. 할머니의 다정한 눈빛은 오히려 발길을 재촉하게 만들었지만 눈빛만큼 부드러운 목소리가 곧 민아의 걸음을 붙잡았다.

"민아야."

"네? 저를 아세요?"

할머니는 민아가 신은 하얀 운동화를 바라봤다. 엄마가 아파트 바자회에서 싸게 샀다고 뿌듯해했던 운동화다. 불쑥 부끄러운 마음이 들어 뒷걸음쳤지만 할머니의 목소리는 다시 한번 민아의 걸음을 붙잡았다.

"알다마다. 네가 이 집의 첫 번째 멤버거든."

2

밖에서 들려오는 분주한 발소리를 의식하며 의자에 앉은 등을 꼿꼿이 세웠다. 다급한 노크 소리와 함께 문이 열리더니 엄마의 부은 얼굴이 나타났다.

"다녀올게. 냉장고에 있는 반찬 꺼내 먹어."

"응."

"한약도 빼먹지 말고."

아린이 고개를 끄덕이기도 전에 엄마의 얼굴은 사라졌다. 가족들이 집을 모두 빠져나가는 소리가 들릴 때까지 문제집을 노려보며 참을성 있게 기다렸다.

외할머니가 돌아가셨다.

아린은 외할머니의 장례식장에 가지 않았다. 오늘 가족이

가는 화장터와 추모 공원에도 가지 않을 것이다. 가족의 자랑이었던 아린이 친척들 앞에서 발작이라도 일으키면 슬픔 대신 창피함이 엄마 아빠를 덮칠 테니까. 마침내 엘리베이터 열리는 소리가 희미하게 들렸다.

이제 안전하다.

옷장 아래 달린 서랍을 열고 손을 휘젓자 두툼한 연습장이 잡혔다. 이제 가족들이 돌아올 때까지 마음 놓고 그림을 그릴 수 있다. 유튜브에 있는 드로잉 강의 영상도 소리를 실컷 키우고 볼 것이다. 하지만 서랍 한쪽에 있는 상자에 시선이 멈춘 순간 설레던 마음은 무겁게 가라앉았다.

외할머니가 선물한 하얀 운동화.

상자를 열자 누르스름한 종이에 싸인 운동화가 모습을 드러냈다. 할머니는 어떤 심정으로 이 운동화를 사 왔을까. 멀쩡히 학교에 다니던 애가 갑자기 집에 틀어박히니 속이 얼마나 답답했을까. 하지만 신발을 사주면 밖에 나가리라는 할머니의 단순한 믿음에 화가 나서 아린은 선물을 받자마자 서랍 깊숙이 처박아버렸다.

그렇게 쉬웠다면 이렇게 되지 않았을 텐데.

그래도 오늘만큼은 이 운동화를 신어보고 싶었다. 그것이 할머니에게 할 수 있는 마지막 인사였다. 아린은 침대에 앉아 하얀 운동화 안에 발을 넣었다. 맨발인데도 불편한 곳이 없었다. 당장이라도 달리기를 할 수 있을 만큼 운동화는 푹신하고 가벼웠다. 신은 모습을 비춰보고 싶었지만 방에는 그럴 만한 거울이 없었다. 현관에 있는 전신 거울을 보려고 방문을 연 순간 엄청난 빛이 아린을 덮쳤다.

맨 처음 든 생각은 어처구니없게도 너무나 놀라면 비명도 지를 수 없다는 것이었다. 손은 본능적으로 방문을 다시 닫으려 했지만, 빛은 거부할 수 없는 힘으로 아린을 바깥으로 끌어당겼다.

한동안 눈을 뜰 수 없었다. 빛 때문에 시력을 잃었을지도 모른다는 현실적인 공포가 밀려왔다. 간신히 눈을 뜨자 강렬한 빛을 본 탓에 눈앞에서 아지랑이 같은 것들이 떠다녔다. 아린은 하얀 운동화를 신은 채 처음 보는 방을 두리번거렸다. 창문 앞에 큼직한 원목 책상이 놓여 있고, 책상 양옆에는 천장까지 닿은 책장이 서 있다.

아린은 혼자 중얼거렸다.

"내가 정말 미쳤구나……."

밖에서 들려오는 말소리에 발바닥이 축축해졌다. 어떻게 하지, 숨어야 하나. 그러다 문득 이 모든 일은 꿈이라는 생각이 들었다. 아니면 엄마가 자꾸 들이미는 한약 부작용은 아닐까. 그렇게 생각하려 애써도 방문을 여는 손은 정처 없이 떨리기만 했다.

"아이고, 깜짝이야!"

소파에 앉아 있던 빼이 훌쭉한 아저씨가 아린을 보고 냅다

소리쳤다. 아저씨의 식겁한 표정과 달리 티셔츠에 프린팅된 미키 마우스는 해맑게 웃고 있다. 역시 꿈인가. 저렇게 나이 많은 아저씨가 웬 미키 마우스 티셔츠. 아저씨의 맞은편에 앉아 있던 우아한 할머니의 얼굴에도 놀란 기색이 떠올랐지만 할머니는 금세 표정을 바꾸었다. 할머니가 아저씨의 손등을 찰싹 때렸다.

"언제 오나 싶었다. 네가 아린이구나?"

아린은 자신의 하얀 운동화를 빤히 쳐다보는 아저씨를 보고 뒷걸음질 쳤다. 아저씨가 손을 들어 올렸을 때는 비명까지 질렀다. 아저씨가 현관 쪽을 가리키며 말했다.

"신발은 현관에 둬라."

3

열대야가 여전히 기승을 부리던 토요일 저녁, 무견은 대전의 한 주택가에서 의류 수거함을 뒤지고 있었다. 큰 키에도 맞을 법한 반소매 티셔츠와 트레이닝 바지를 간신히 찾아냈다. 무견의 지독한 땀내에 낡은 옷의 퀴퀴한 냄새가 더해졌다. 트레이닝 바지는 하필이면 기모 처리가 된 한겨울용 바지다. 소년보호시설에서 입던 주황색 실내복을 벗어 수거함에 넣고 새 옷으로 갈아입었다. 다시 도망치려 할 때 수거함 옆에 놓인 검은 비닐봉지가 보였다. 운동화 앞코가 봉지 사이로 얼굴을 내밀고 있다.

아싸, 득템.

아무 무늬도 상표도 없는 하얀 운동화. 신은 흔적이 있지만 새것이나 다름없다. 무견은 밑창이 덜렁거리는 슬리퍼 대신 하얀 운동화로 갈아 신었다. 헐렁하지만 끈을 졸라매니 신을 만했다. 무견은 슬리퍼를 수거함에 골인시킨 뒤 한숨을 쉬었다.

이제 어디로 가지?

경찰은 제일 먼저 형과 엄마와 살던 집을 찾아갈 것이다. 친구들의 전화번호는 기억나지 않고 번호를 안다 해도 공중전화에 넣을 동전 하나 없다.

너무 성급했나. 거리를 헤매다 붙잡히면 이번에는 소년원에 가야 할지도 모른다. 거기는 훨씬 엄격한 곳이라던데. 소년보호시설과는 차원이 다른 곳이라던데.

절박한 심정으로 주머니를 뒤졌다. 혹시나 했던 구겨진 지폐 대신 비닐 포장된 소시지가 손에 잡혔다. 어쩌면 이 소시지 하나로 며칠을 버텨야 할지도 모른다. 시설에서 도망친 지한 시간도 안 됐건만 앞날이 벌써 캄캄해졌다. 엄마와 형을 만나고 싶은 생각만으로 대책도 없이 일을 저질러버렸다.

무견은 수거함 옆에 쭈그려 앉아 소시지를 베어 물었다. 어디선가 방울 소리가 나더니 온몸이 하얀 고양이가 겁도 없이 사뿐사뿐 다가왔다. 개들에게나 채울 법한 파란색 방울 목걸이 때문에 녀석이 발을 디딜 때마다 딸랑거리는 소리가 났다. 무견은 잠시 망설이다 소시지를 반으로 잘라 고양이에게 던졌다.

그래, 나보다는 네가 더 배고프겠지.

무견은 다시 몸을 일으켰다. 일단은 시설에서 최대한 멀리 떨어지자. 그것이 지금 떠올릴 수 있는 최선의 방법이었다. 주택들 사이를 바쁘게 걷던 무견은 어느 집 앞에서 걸음을 멈췄다. 선명한 파란색 대문이 살짝 열려 있고, 양옆으로는 안이 전혀 보이지 않는 높은 담장이 집을 둘러싸고 있었다. 그리고 희한하게도 2층에는 창문이 없었다. 문도 열려 있겠다 다짜고짜 들어가볼까. 오만 원, 아니 십만 원만 달라고 집주인을 협박해볼까.

머뭇거리다 대문 안으로 들어섰지만 현관으로 이어지는 낮은 돌계단 앞에서 발걸음이 주춤거렸다. 이건 아니지. 도둑질까지 하는 건 진짜 막장이지. 포기하고 집을 나서려는데 현관문이 열렸다.

"어!"

무견은 목소리의 주인공을 쳐다봤다. 작은 키에 어중간한 길이의 머리를 대충 묶은 여자아이. 길고 빽빽한 속눈썹이 천천히 오르내리며 무견을 훑었다. 무견의 파란 머리카락에 꽂혔던 시선은 금세 하얀 운동화로 향했다.

"새로운 멤버네. 괜찮아, 들어와도 돼."

* * *

현관에서 만난 여자애는 낙타 같은 속눈썹을 빼면 평범한 인상이었지만, 소파에 앉은 여자애는 어둠의 포스를 팍팍 풍겼다. 갸름하고 창백한 얼굴에 목이 유난히 길고, 머리카락은 허리까지 뒤덮고 있다. 게다가 이 더운 날씨에 손등까지 오는 긴소매 티셔츠를 입고 무릎담요로 다리를 둘둘 말았다.

낙타랑 알파카도 아니고. 정체가 뭐야, 얘들은.

알파카도 무견의 등장에 눈동자가 흔들리고 있다. 파란 머리카락에 구겨진 티셔츠, 겨울 바지 차림이니 그럴 만도 하다. 낙타가 어색하게 입을 열었다.

"어, 음……. 일단 자기소개부터 할까. 나랑 저 언니는 벌써 했지만."

"글쎄. 새 멤버부터 해야 하지 않나."

"뭔 헛소리야. 난 그냥 지나가던 길에 얘가 들어와도 된다고 해서 온 거야. 여기가 뭐 하는 조직인지는 모르겠지만 난 너희 멤버가 아니거든?"

낙타가 푭, 웃음을 터뜨렸다.

"뭐가 웃기냐?"

"조직이라니. 우리 그런 거 아니거든? 근데 몇 살이야?"

"네가 뭔 상관인데?"

"휴, 됐어. 어차피 집사 아저씨가 내일 다시 설명해줄 테니까 요점만 후딱 말할게. 일단 멤버들 소개부터. 저 언니 이름은 정아린이고, 열여덟 살. 내 이름은 신민아, 열여섯 살. 진짜 요점만 알려줄 테니까 잘 들어. 그쪽이 들어온 이 집은 특별한 하얀 운동화를 신은 아이한테만 보여. 아까 신고 있던 그 운동화 말이야. 그리고 이 집 2층에 올라가면 문 세 개가 있는데 각각 과거, 현재, 미래의 문이야. 올해 12월 31일 오후 5시에 우리는 소망 노트라고 불리는 공책에 이루고 싶은 소원을 한 가지 쓰고, 그 문들 중 하나를 선택해서 들어갈 수 있어. 다시 말해, 시간을 이동할 수 있는 기회를 받는 거지. 대신 이 집의 멤버로서 반드시 지켜야 할 규칙이 있어. 잠깐, 집사 아저씨가 준 종이가 어딨더라!"

낙타는 알파카가 냉랭한 시선으로 지켜보는 가운데 장식장 서랍 속에서 코팅된 하얀 종이를 꺼냈다.

"첫째, 그 누구에게도 이 집과 하얀 운동화에 대해 말해서는 안 된다. 다른 사람에게 발설하는 순간, 이 집은 사라진다. **둘째, 일주일에 세 번 이상 이 집에 나와야 한다.** 머무르는 시간이 일 분이든 한 시간이든 상관없다. 단, 선택받은 멤버들이 모두 모이는 순간 이 집의 시간은 정지한다. 바깥세상의 시간도 마찬가지다. **셋째, 미래로 가든 과거로 가든 '죽음'에 대해서는 바꿀 수 없다. 넷째, 12월 31일에 문 하나를 선택해 들어가**

는 순간, 이 집에 대한 기억은 모두 사라진다. 멤버들에 대한 기억도 마찬가지. 지금까지 말한 규칙들 중 하나라도 안 지키면 멤버 자격 상실. 아우, 목 아파. 이제 됐지? 궁금한 게 있으면 집사 아저씨나 할머니한테 물어봐."

무견은 낙타 옆에서 한 걸음 물러섰다.

내가 정신병원에 왔나. 소년보호시설이 소년범들을 모아 놓은 곳이라면 여긴 살짝 맛이 간 애들을 돌보는 시설인가.

무견의 불안한 시선이 거실을 훑었다. 낡은 소파와 소파 앞에 놓인 탁자, 나름 최신형인 텔레비전. 금빛 시계추가 오가는 골동품 같은 괘종시계만 빼면 여느 가정집과 비슷한 풍경이다. 낙타의 말대로 2층으로 이어지는 계단도 보였다. 정신이 이상한 애들을 가둔 시설이라고 보기에는 경비가 허술하다. 파란 대문도 열려 있었고, 거실 창문에도 쇠창살 같은 건 달려 있지 않다. 낙타와 알파카를 감시할 어른도 보이지 않는다.

알파카가 커튼 같은 머리카락을 쓸어 넘겼다.

"쟤, 안 믿나 보네."

"우리도 처음에는 안 믿었잖아. 나도 소망을 이룰 수 있다는 말만 없었어도 절대 안 들어왔을걸. 아! 테스트해볼 방법이 있어. 나가서 그쪽이 신고 온 하얀 운동화를 벗어봐. 그럼 이 집이 안 보일걸?"

무견은 손가락을 머리에 대고 빙빙 돌렸다.

"너 진짜 돌았냐?"

"나가서 확인해보시든가!"

"됐거든? 치료 잘 받아라!"

실컷 비웃어주고 집을 나왔지만 파란 대문을 나서자마자 아차 싶었다. 집사 아저씨인지 뭔지는 내일 온다고 했으니 하룻밤이라도 그 집에 머무를 수 있었을 텐데. 아니면 대충 맞장구쳐주고 돈이나 꿔볼걸. 아니면 빵 같은 음식이라도 얻어올걸. 아쉬운 마음을 달래며 걷기 시작했지만 여자애들의 진지했던 표정이 발길을 붙잡았다. 무견은 하얀 운동화를 벗고 맨발로 선 다음 방금 지나온 길을 돌아봤다.

어라?

보이지 않는다. 맨발이라는 것도 잊고 집이 있던 쪽으로 달렸다. 대충 여기였다는 생각이 든 곳은 쓰레기들이 뒹구는 공터였다. 유튜브나 교실에서 주워들었던 괴담들이 떠오르며 등골이 서늘해졌다. 무견은 허리를 굽히고 하얀 운동화를 허겁지겁 신었다. 몸을 일으킨 순간, 눈앞에서 끼익 소리가 났다. 어디선가 불어온 바람에 파란 대문의 경첩이 앞뒤로 무겁게 움직였다. 등을 흥건히 적셨던 땀이 순식간에 얼어붙었다. 무견은 다시 하얀 운동화를 벗었다. 이번에는 아까와 반대 방향으로 달렸다 되돌아왔다.

역시, 없다.

공책에 이루고 싶은 소원을 한 가지 쓰고,

그 문들 중 하나를 선택해서 들어갈 수 있어.

다시 말해, 시간을 이동할 수 있는 기회를 받는 거지.

판타지 영화 빰치는 일이 눈앞에서 벌어지고 있다. 낙타가 한 말이 모두 사실이라면? 시설에서 자신을 찾기를 포기할 때까지 이 집에 숨어 있을 수 있다면? 게다가 정말로 과거나 현재, 미래를 선택할 수 있는 기회를 받는다면? 아빠는 종종 말했다. 무견은 자신을 닮아 감이 끝내주게 좋은 아이라고. 지금 무견의 감은 이렇게 속삭이고 있었다.

이 집에 들어가라고. 그러면 좋은 일이 생길 거라고.

공터에 뒹구는 술병들을 노려보며 하얀 운동화에 발을 구겨 넣었다. SF영화 속 홀로그램처럼 집의 모습이 흐릿하게 나타나더니 처음 봤던 색깔과 형체를 서서히 찾아가기 시작했다.

이제는 믿겠느냐고 으스대듯 파란 대문은 활짝 열려 있었다. 혹시라도 문이 닫히기 전에 얼른 그 안으로 뛰어들었다. 빨간 우체통이 있는 정원을 지나 현관문을 열자 처음에는 미처 못 봤던, 크기만 다를 뿐 똑같이 생긴 하얀 운동화 두 켤레가 신발장 옆에 놓여 있었다.

거실에서 낙타가 외쳤다.

"다시 올 줄 알았어!"

4

묵직한 장바구니 덕분에 리넨 재킷을 입은 등이 푹 젖어버렸다. 시간의 집을 돌보는, 자칭 시간의 '집사' 아저씨는 앙상한 어깨로 파란색 대문을 힘겹게 밀었다. 5년 만에 새로운 멤버들이 이 집을 찾아왔다. 지난 멤버들 때와 달라진 것이 있다면 정원 한 귀퉁이를 메운 화분들. 이 집의 살림을 돌보는 할머니의 새로운 취미다. 원래대로라면 장보기도 할머니의 일이지만 작년부터 할머니의 건강이 심상치 않다. 안 좋던 허리에 결국 탈이 생겼다. 아저씨의 마음이 무거운 것은 할머니의 건강 때문만은 아니었다. 멤버 한 명이 지난주부터 발길을 끊어버렸다. 의심 많은 세 아이들을 간신히 한자리에 모아 놓고 규칙을 설명해주었건만, 내내 마땅찮아 보이더니 그날 뒤로 나타나지 않는다. 일주일에 세 번은 이 집에 와야 한다는 규칙을 벌써 어긴 것이다. 규칙은 지키라고 있는 것이니 그 아이는 탈락.

예외는 없다.

아저씨는 마른 몸을 휘청이며 거실에 들어섰다. 민아와 아린에게 장바구니 정리를 부탁할 생각이었는데 행색이 추레한 파란 머리 남자아이가 소파에서 컵라면을 먹고 있었다.

"넌 누구냐? 여긴 어떻게 들어왔지?"

아저씨는 대답도 듣지 않고 장바구니를 던졌다. 그러고는 현관가에서 가장 큰 하얀 운동화를 가지고 돌아왔다.

"이거 어디에서 났니?"

아린은 서재에서, 민아는 부엌에서 나타났다. 민아가 왜 호들갑이냐는 듯이 말했다.

"어제 온 새 멤버인데요?"

"누구 마음대로! 너 이거 어디에서 났냐니까!"

"주웠는데요. 의류 수거함 옆에서."

아저씨의 얇은 입술에서 탄식이 터졌다. 이런 일은 예전에도 있었다. 10년 전, 자기 것이 아닌 하얀 운동화를 신은 여중생이 이 집에 떡하니 들어왔다. 아저씨는 변명도 듣지 않고 운동화를 빼앗은 뒤 여자애를 내쫓았다.

"아, 세상에. 가뜩이나 심란해 죽겠는데. 너, 당장 여기에서 나가라."

"싫은데요."

남자아이가 탁자에 컵라면을 거칠게 내려놓자 빨간 국물이 튀어 올랐다. 긴 다리가 아저씨를 향해 성큼성큼 걸어왔다.

"원래 멤버였던 애가 운동화를 버렸나 본데 내가 주웠으니까 이제 내가 주인이죠! 아저씨 옆에 있는 중딩이 그랬어요. 하얀 운동화를 신은 아이한테만 이 집이 보이고, 이곳의 멤버가 될 수 있다고. 그 말대로 됐는데 뭐가 문제예요?"

"그렇게 간단한 일이 아니야. 너는 처음부터 이 집이 고른 멤버가 아니잖아."

"난 그런 거 몰라요. 이미 규칙도 다 들었고, 어제 여기에서 잤는데 아무 일도 없었다고요. 쫓아내봐요, 어디. 이런 집이 있다고 다 떠들고 다닐 테니까. 내가 나불대고 다니면 쟤들의 기회도 날아가겠죠?"

"이왕 이렇게 됐으니 내버려 두지. 어차피 남은 멤버도 두 명밖에 없잖나."

등 뒤에서 할머니의 차분한 목소리가 들렸다.

"키가 정말 크구나. 쌍꺼풀 없는 눈도 멋있고. 이름이 뭐니?"

"최…… 무견요."

"배우를 해도 되겠네. 나이는?"

갑작스러운 칭찬에 무견은 뺨이 화끈거렸다. 얄밉게 떽떽거리는 아저씨와 달리 할머니에게서는 함부로 대할 수 없는 위엄이 흘렀다.

"열일곱 살요."

"고등학교 1학년?"

"뭐, 그렇겠죠."

"규칙은 이미 들었다고 하니 다시 설명 안 해도 될 테고. 머무르는 시간도 정해져 있지 않으니 편하게 지내렴. 컵라면은 건강에 안 좋으니 과일과 반찬도 얼마든지 꺼내 먹어. 우리가 수시로 채워 넣을 테니까."

"우리는 무슨. 이제 무거운 것도 못 드시면서. 저만 고생시

키려고 작정하셨어요?"

아저씨가 턱짓으로 2층을 가리켰다.

"저랑 얘기 좀 하시죠."

* * *

"이렇게 규칙을 어기면 안 되죠! 한 번 봐주기 시작하면 끝이 없어요. 잘 아시는 분이 왜 이러실까. 늙어서 노망이라도 났어요?"

"빡빡하게 굴지 마. 난 받아주기로 마음 굳혔어."

"개 머리 꼬락서니 못 보셨어요? 아까는 저를 한 대 때릴 기세였다니까요."

"자네가 다른 사람 외모를 지적할 처지야?"

할머니는 아저씨의 갈색 머리와 왼쪽 귓불에서 달랑거리는 귀고리, 재킷 사이로 얼굴을 내민 미키 마우스를 못마땅하게 쳐다봤다.

"참나, 저 촌스러운 파란색 머리랑 이 애쉬브라운 컬러를 비교하시는 거예요? 이게 얼마짜리 염색인데 진짜 뭘 모르신다니까."

"딱 봐도 오갈 데 없는 아이야. 다 구겨진 티셔츠에 겨울 바지라니. 아무래도 급하게 집을 나온 모양인데."

"가출했겠죠, 뭐. 이 집에서 저런 애들을 한두 번 봤나요?

무슨 사연이 있는지는 모르겠지만 저는 받아줄 수 없습니다. 버릇없는 애는 절대 못 참아요."

"예전 같은 일이 또 일어나면 어쩌려고 그래. 기억 안 나? 10년 전에도 무견이처럼 하얀 운동화를 주워 신은 여자애가 이 집에 들어왔는데 자네가 매몰차게 쫓아냈지. 그 애는 결국……."

"그 얘기를 왜 또 꺼내요! 저는 기억 안 납니다. 다 잊었어요!"

거짓말.

그 기억은 아저씨의 머릿속에 단단히 틀어박혀 있었다. 아저씨가 쫓아낸 여중생은 결국 아파트 옥상에서 몸을 던졌다. 뉴스를 보고서야 알았다. 다섯 살 때 입양되어 죽기 전날까지 양부모의 학대에 시달렸다는 것을. 그 사건 뒤로 아저씨는 오랫동안 죄책감에서 벗어나지 못했다.

"이 집이 왜 있는지 생각해봐. 가족과 학교, 친구에게서 상처받은 아이들에게 새로운 기회를 주기 위해서지. 여기 오는 애들은 세상에서 버림받은 거나 마찬가지야. 난 무견이가 하얀 운동화를 우연히 발견했다고 생각하지 않네. 10년 전에 왔던 여자아이도 마찬가지였지. 그 애들이 하얀 운동화를 발견한 게 아니라 하얀 운동화가 그 애들을 찾아간 거야."

카펫이 깔린 복도에는 왼쪽에 두 개의 문이, 오른쪽에 한 개의 문이 있었다. 할머니는 선택의 날을 기다리는 세 개의 문을 바라보다 난간에 손을 짚었다.

“아휴, 2층에 의자라도 갖다 놔야지. 이제 잠깐 서 있기도 힘드네.”

“병원에서는 뭐래요?”

“똑같아. 자꾸 수술 얘기만 꺼내는데 내키지 않아. 수술해도 완치된다는 보장도 없는데.”

“그냥 의사가 하자는 대로 해요, 좀! 괜히 수술하자고 할까.”

“솔직히 말하면 겁나. 병원 입구에만 들어서도 진저리가 나는데 수술이라니 아휴, 끔찍해. 우습지? 내일모레면 일흔인데 아직도 무서운 게 있다니. 그러니 쟤들은 어떻겠어. 이 세상이 얼마나 차갑고 무섭겠냐고. 늙은이 부탁이니 이번만 못 이기는 척 넘어가.”

아저씨는 팔짱을 낀 채 콧바람만 내뿜었다.

“얼른 대답해! 허리 아프다고 했잖아.”

“하, 거참. 알았어요! 수술하기 싫으면 주사라도 맞으시든가!”

“그리고 자네가 무견이 새 옷 좀 사다 줘. 저러다 엉덩이에 땀띠 나겠어.”

아저씨는 어이가 없다는 듯이 껄껄 웃었다.

“싫거든요.”

5

집에 들어서자 후텁지근한 공기가 밀려왔다. 엄마는 거실에서 웅크린 채 잠들어 있다. 저녁 알바를 가기 전에 깜박 잠이 든 모양이다. 민아는 엄마와 거실에 요를 깔고 잔다. 다른 아이들처럼 침대에서 자본 적은 한 번도 없다. 거실 옆에 딸린 하나뿐인 방은 잡동사니들로 발붙일 공간도 없다. 민아는 무릎을 꿇고 엄마의 이마에서 땀에 젖은 머리칼을 떼어냈다.

일어나자마자 잔소리를 할 게 뻔했지만 에어컨을 켜고 엄마 쪽으로 송풍구 방향을 조정했다. 당근마켓의 무료 나눔 글을 보고 잽싸게 받아온 저 에어컨은 정체성에 혼란이 왔는지 선풍기보다도 못한 바람을 내뿜는다.

지금 사는 임대 아파트에 입주했을 때만 해도 민아는 자기 집이 궁전인 줄 알았다. 어린 시절을 보낸 반지하 단칸방은 아무리 환한 등을 달아도 한구석에 귀신이 웅크리고 있을 것 같았다. 귀신도 좁다고 짜증을 낼 만한 초라한 방이었지만 말이다. 그래서 민아는 엄마가 일을 마치고 돌아올 때까지 놀이터에서 시간을 보냈다. 여름에는 등과 배에 땀띠가 났고, 겨울에는 뺨과 손등이 텄다. 추위와 더위의 공격에도 모자라 장마나 태풍이 몰려오면 현관문으로 흙탕물이 들이쳤다. 수해 대피소의 딱딱한 바닥에서 같은 처지의 동네 주민들과 눈물로 며칠을 보내고 나면, 다음 며칠은 엉망진창이 된 살림살이를 닦고 버리며 또다시 눈물을 쏟았다. 그때의 기억 때문에 지금도 빗소리만 들으면 심장이 두근거렸다.

한부모 혜택으로 마침내 이 아파트 단지에 이사 왔던 날, 민아는 도시로 상경한 시골쥐가 된 기분이었다. 빗물이 밀려들 일 없는 꼭대기 층이라 더더욱 기뻤다. 하지만 어느 날, 우연히 친구 아파트에 놀러 갔던 민아는 순수한 충격으로 머리가 멍해졌다. 세상에는 이렇게 넓은 집이 있고, 자신의 집 크기만 한 방을 혼자 쓰는 아이가 있다는 충격. 다른 아이와 자신의 처지를 비교하기 시작한 순간부터 민아는 자신의 집을 더 이상 사랑할 수 없었다. 다행히 아영과 지우는 민아네 집에 놀러 가자는 말을 하지 않았다. 민아가 사는 101동은 임대아파트라는 걸 걔들도 알 테니까. 놀러 와봤자 앉을 데도 마땅치 않고 구경할 만한 것도 없을 테니까.

"언제 왔어?"

엄마가 몸을 뒤척이며 눈을 비볐다. 민아는 엄마의 부스스한 얼굴을 보며 싱긋 웃었다.

"에어컨 켜지 말랬잖아."

"엄마 쪄 죽을까 봐 켜준 거야. 근데 쟤는 맨날 왜 저래? 지가 에어컨이 아니라 히터인 줄 알아."

"그러니까 선풍기 켜. 에어컨 리모컨 어디 있니?"

리모컨을 더듬는 엄마의 까칠한 손을 보자 짜증이 치솟았다. 민아는 발로 리모컨을 멀리 걷어찼다.

"왜 성질이래? 너 아직도 사춘기야?"

미래로 가고 싶다.

빗물이 한 방울도 들어오지 않는, 이 집보다 조금만 더 넓은 집에서 살고 싶다. 침대와 책상이 놓인 내 방이 있고, 차가운 바람이 쏟아지는 에어컨이 있으면 좋겠다. 친구들이 다니는 학원에 함께 다니고, 엄마가 밤에는 알바를 가지 않으면 좋겠다.

시간의 집사 아저씨는 소망 노트에 '합당한' 소망 한 가지만 쓸 수 있다고 했다. 만수르 같은 갑부가 되게 해달라거나 로또 당첨 같은 소망은 꿈도 꾸지 말라고 했다. 이 세상에는 자신보다 훨씬 힘들게 사는 사람도 많다는 걸 안다. 한부모 가정이라고 해서 누구나 이런 아파트에 살 수 없다는 것도 안다. 사람들은 말한다. 가진 것에 만족하고 감사할 줄 알아야 한다고. 하지만 좀 더 넉넉하게 살고 싶다는 소망이 욕심일까. 이런 소망이라면 '합당한' 것이 아닐까. 이렇게 초라한 현재를 어떻게 사랑할 수 있을까.

"공부 열심히 하고 있지? 학원 안 다닌다고 유튜브만 보지 말고. 공부만 잘하면 네가 하고 싶은 거 다 하며 살 수 있어. 빨리 돈 벌어서 이것부터 없애줘야 하는데."

엄마가 민아의 왼쪽 손목에 있는 백 원짜리 동전만 한 모반을 어루만졌다. 이게 뭐 어때서, 라고 말하고 싶었지만 사람들의 시선은 종종 그 자리에 머물렀다. 시간의 집사 아저씨도 그랬다. 민아를 처음 만났던 날, 아저씨가 모반을 대놓고 쳐다보는 바람에 얼굴이 화끈거렸다. 생각해보니 아저씨는 자신의 종아리도 안 보는 척 흘끔거렸다.

"엄마가 공부 얘기 할 자격 있어? 고2 때 나를 낳은 주제에."

"야! 덜컥 임신하기 전에는 나도 공부 잘했어!"

"헐. 그 말을 믿으라고?"

엄마가 민아를 껴안고 깔깔 웃었다. 서른네 살. 엄마들 사이에서 제일 젊은 우리 엄마. 하지만 쉰 살이 넘었다는 아영의 엄마가 오히려 민아의 엄마보다 젊어 보인다. 짜증이 날 때가 없는 것은 아니다. 이렇게 힘들게 살 거면 뭐 하러 날 낳았느냐고 퍼붓고 싶기도 하지만 날마다 고군분투하는 엄마를 보면 도저히 그럴 수 없다. 나를 낳은 걸 후회하지 않느냐는, 잘 숨어 있다가 가끔씩 고개를 치켜드는 질문도 할 수 없다. 민아는 엄마의 가슴에 얼굴을 묻었다.

몇 달만 기다려, 엄마. 모든 게 달라질 거야.

* * *

엄마가 저녁 알바를 나간 뒤 민아는 시간의 집으로 향했다. 먹자골목을 지나 주택가를 걷다 보면 이제는 조금 익숙해진 파란 대문 집이 보인다. 오늘도 무견은 에어컨을 빵빵하게 틀어 놓고 소파에 널브러져 있을 거다. 차라리 뱀파이어처럼 하얀 언니와 단둘이 있을 때가 좋았다. 꿈이 작가라도 되는지 서재에만 틀어박혀 있어서 그 큰 집이 오롯이 민아의 차지였으니까. 뱀파이어 언니에게도 범상치 않은 사연이 있어 보였지만 민아는 무견의 정체가 훨씬 궁금했다. 소파와 온종일 합체 상태인 걸 보면 학교도 안 간다는 소린데. 그럼 가출한 비행 청소년인가. 종아리와 모반을 흘끔거리는 기분 나쁜 집사 아저씨에 쌀쌀맞은 뱀파이어 언니, 가출한 비행 청소년과 넉 달을 버티게 생겼지만 좋은 점도 있다. 그 집은 넓은 데다 전기세 걱정 없이 에어컨을 틀 수 있으니까.

그리고…….

민아는 라이터와 면봉으로 바짝 올린 속눈썹을 깜박이며 거실에 들어섰다. 무견이 〈스파이더맨〉 같은 영화나 보며 낄낄대고 있을 줄 알았는데 의외의 광경이 펼쳐졌다. 180센티미터에 가까운 키에 어울리지 않게 눈물을 훌쩍이며 휴지에 코를 풀고 있다.

"야, 중딩. 너 이 영화 봤냐? 진짜 슬프네."

민아는 속으로 안물안궁이라고 중얼거리며 텔레비전을 쳐다봤다. 노란색 드레스를 입은 벨이 쓰러진 야수를 부여잡고 다시는 떠나지 않겠다며 울부짖고 있다.

와, 진짜. 가지가지 한다.

민아는 부엌으로 직진하다 다시 무견을 돌아봤다. 오늘따라 왠지 멀끔해 보인다. 그러고 보니 구겨진 티셔츠와 기모바지 대신 새 옷을 입고 있다. 무견이 쑥스럽게 웃었다.

"아, 이거? 일어나보니까 소파에 있더라. 할머니가 사주셨겠지?"

퇴학당한 일진일지도 모른다는 생각이 퍼뜩 떠올라 민아는 입꼬리를 억지로 끌어올렸다. 그래서 싱크대에 수북이 쌓인 더러운 그릇들도 애써 무시하며 냉장고에서 케이크 상자를 꺼냈다.

포레스트 캣.

케이크 상자에 적힌 이름을 검색해보니 서울 연남동에 있는 수제 케이크 전문점이었다. 숲 고양이라는 이름답게 실내는 초록색 가구와 귀여운 고양이 소품들이 가득했다. 가장 놀라운 것은 그곳의 메뉴판이었다. 별로 크지도 않은 케이크 하나가 오만 원, 조각 케이크 가격은 칠천 원부터. 이렇게 비싼 케이크를 원 없이 먹을 수 있다니, 천국이 있다면 바로 이 집이 아닐까.

민아는 상자에서 딸기들로 장식된 생크림 케이크를 꺼냈다. 케이크 둘레에 묶인 리본을 조심스레 풀고 한 조각을 큼직하게 잘라 접시에 옮겨 담았다. 시간 이동의 기회를 받지 못하더라도 포레스트 캣의 케이크를 먹을 수 있다면 이 집에 기꺼이 올 수 있다. 누가 케이크를 가져오는지는 모르겠지만 민아가 케이크를 모두 해치우면 다음 날 새 케이크 상자가 냉장고에 나타났다. 민아는 망설임 없이 케이크를 한 조각 더 잘랐다. 그 순간에는 전혀 상상하지 못했다. 바로 며칠 뒤, 이 케이크 때문에 한바탕 소란이 벌어지리라는 것을.

6

신경 쓰지 않으려 했지만 소리는 무시하기 힘들 만큼 커졌다. 서재에서 나가보니 민아와 무견이 식탁을 사이에 두고 언성을 높이고 있다.

"언니, 마침 잘 왔어! 이것 좀 봐!"

먹다 만 케이크와 입구가 열린 우유갑이 식탁에 놓여 있다. 숟가락으로 퍼 먹은 것처럼 케이크 절단면이 들쑥날쑥하다. 빵 부스러기와 생크림도 케이크 판에 지저분하게 떨어져 있다.

"저렇게 더럽게 먹으면 다른 사람은 어쩌라는 거야? 칼로 잘라서 접시에 덜어 먹어야지. 저 우유도 오빠가 입 대고 마셨지? 입구에 빵 부스러기 다 묻었잖아!"

"야, 중딩! 이게 네 거냐? 네 돈 주고 샀냐고! 지도 얻어먹는 주제에 누구한테 큰 소리야!"

귓불까지 빨개진 민아가 싱크대를 삿대질했다.

"그럼 저건 뭔데? 먹었으면 설거지를 해야지! 이 집이 오빠 혼자 쓰는 공간이야?"

"야, 내가 설거지를 안 했다고? 자기 전에 꼭 하거든?"

"먹으면 바로 해! 내가 진짜 참다 참다 말하는 거야! 그리고 며칠 전에 영화 보면서 코 푼 휴지 아직도 안 치웠더라? 아까 내가 깔고 앉았잖아!"

민아의 까랑까랑한 목소리에 관자놀이가 욱신거렸다. 이 유치한 싸움에 끼고 싶지 않았지만 자신이 나서지 않으면 끝나지 않을 모양새다.

"최무견, 네가 잘못한 거 맞는데. 이 집은 멤버들의 공동생활 공간이잖아. 12월까지 함께 있을 집을 깨끗하게 유지하자는 게 어려운 부탁이니?"

"하, 그러셔? 여자들끼리 편먹고 나를 공격하시겠다?"

"편을 먹어? 초딩이니? 이 집의 멤버로서 내 생각을 말했을 뿐이야. 네가 막무가내로 행동하면 아저씨한테 말할 수밖에 없어. 이 집을 함부로 쓰는 걸 알면 할머니도 네 편 안 드실 텐데."

민아는 완전히 감동한 얼굴이었지만 아린은 고개를 돌렸다. 일부러 민아 편을 든 것은 아니다. 함께 쓰는 공간을 깨끗이 유지해야 한다는 건 유치원생들도 안다. 아린도 서재 책상을 쓸 때는 언제나 조심했다. 색연필이 책상 표면에 흠집을 내지 않도록 주의했고, 그림을 다 그리면 언제나 물티슈로 책상을 닦았다. 아린은 서재로 돌아가려고 몸을 돌렸다. 12월까지 이 애들과 어울리지 않고 조용히 지내고 싶다. 집에서는 마음 편히 그릴 수 없는 그림을 실컷 그리다 미래의 문으로 들어가고 싶다.

"그래, 어디 한번 꼬질러봐. 난 죽어도 안 나가, 귀신 같은 사이코야."

뒤통수에 무견의 목소리가 꽂혔다. 뜨거운 기운이 가슴에서 치솟더니 심장이 이때라는 듯 날뛰기 시작했다.

안 돼, 지금은 안 돼.

의사가 가르쳐준 대로 천천히 깊게 호흡하자 심장 박동이 조금씩 잦아들었다. 아린은 고개를 들고 무견을 노려봤다.

"날 함부로 대해서 좋을 게 없을 텐데. 네 말대로 다 꼬질러줄까? 8월 20일. 대전 소년보호시설 소년범 다섯 명 탈주. 너도 그중 한 명이지?"

무견의 눈동자가 흔들린다. 역시, 예상이 맞았다.

"너희가 일부러 누른 화재경보기 때문에 시설 유리문이 개방된 시간은 저녁 8시. 네가 이 집 거실에 처음 들어온 시간은 8시 35분. 인터넷 기사에서는 도망친 소년범들이 주황색 실내복 차림이라고 했는데 넌 여기 들어왔을 때 다 구겨진 티셔츠에 겨울 바지를 입고 있었지. 다음 날 집사 아저씨에게는 의류 수거함 옆에서 하얀 운동화를 주웠다고 했고. 그렇다면 네가 입고 있던 옷들도 의류 수거함에서 꺼내 입었을 거야.

네가 거실로 들어왔을 때 오래된 옷에서 나는 나프탈렌 냄새가 진동했거든. 계속 말해볼까?"

무견은 시치미를 떼고 싶었지만 아린을 똑바로 쳐다볼 수가 없었다.

"너 같은 남자애들은 보통 핸드폰을 손에서 떼지 않는데 넌 핸드폰도 없고 지금까지 밖에 나가는 모습을 본 적이 없어. 집에서 가출했다 치더라도 핸드폰부터 챙겼을 텐데. 아, 핸드폰이 없으니 바깥소식을 모르겠구나. 이 집에는 전화도 없고 텔레비전도 공중파 방송은 안 나오니까. 다섯 명 중 두 명은 탈출한 날 밤에 시설로 되돌아왔어. 다른 두 명은 무인 밀키트 가게를 털다가 현장에서 붙잡혔지. 시설을 탈출한 지 사흘째 되는 날이었어."

아린은 입술도 떼지 못하는 무견을 향해 마지막 펀치를 날렸다.

"그러니까 이제 너만 남았어. 다행히 여기 있는 한 경찰한테 붙잡힐 일은 없겠지. 그러니 이 집을 좀 더 소중히 대해야 하지 않을까?"

무견이 맥없이 당하는 동안 민아는 아린 쪽으로 슬금슬금 움직였다. 아린을 처음 만났던 날, 아린은 서울 청담동에 산다고 자신을 소개했다. 민아가 경기도 안산에서 왔다고 하자 아린도 놀란 눈치였다. 그러니까 시간의 집은 반드시 지정된 위치에만 있는 것이 아니다. 각각 다른 곳에 사는 멤버들이 자신의 학교나 집 근처에서 이 집을 발견하고 들어온다. 청담동과 안산은 그래도 아주 멀리 떨어진 곳은 아니다. 하지만 아린은 무견이 대전에 있는 소년보호시설에서 탈출했다고 했다. 도대체 뭘 잘못했기에 그런 데 들어갔을까. 들어갔으면 조용히 반성이나 할 일이지 탈출이라니. 비행 청소년도 무서운데 범죄자였다니.

"나보다 꼴랑 한 살 많은 주제에 어디서 잘난 척이야. 그래, 난 시설에서 도망쳐서 겨울 바지 입었다! 그러는 너는? 왜 여름에 긴팔 옷인데? 너도 시설에서 탈출했냐?"

무견이 손가락을 머리에 대고 빙빙 돌렸다.

"혹시 정신병원?"

"넌 진짜 답이 없구나. 이제 남은 시간도 얼마 없으니까 마음껏 어질러. 네가 내일 쫓겨나면 내가 치울 테니까. 오늘 집사 아저씨한테 편지 쓸 거야. 아, 넌 아직 모르지?"

아린이 거실 창밖을 가리켰다.

"정원에 있는 우체통에 편지를 넣으면 아저씨가 금세 답장을 해준댔어. 이번에는 답장 대신 직접 오시겠네. 시설 얘기를 들으면 할머니도 말리지 못하시겠지."

아린이 등을 돌린 순간, 무견이 아린의 왼팔을 낚아챘다.

"네가 뭘 알아! 내가 왜 시설에 들어갔는지 네가 뭘 아느냐고!"

아린의 티셔츠 소매가 흘러내리며 손목부터 팔꿈치까지

꿰맨 흉터가 드러났다. 무견은 얼른 손을 놓았고 민아는 두 손으로 입을 막았다. 뒤이어 흉터보다 두 아이를 더 식겁하게 만든 일이 벌어졌다. 아린이 두 손으로 자신의 멱살을 움켜잡더니 바닥에 쓰러졌다.

"뭐야! 언니, 왜 그래!"

아린은 숨을 쉴 수가 없었다. 모든 땀구멍에서 축축한 땀이 터져 나오며 등과 겨드랑이가 순식간에 젖어버렸다. 의사는 몇 번이나 말했다. 죽을 것처럼 두렵겠지만 절대 죽지 않는다는 걸 기억하라고. 그게 의사가 해줄 수 있는 최선의 충고였다. 아린은 공포에 가득 찬 비명을 토해냈지만 귓가에는 컥컥거리는 숨소리만 메아리쳤다. 다 저 애들 때문이다. 이 집에 온 뒤로는 마음이 조금이나마 편해졌다. 서재에서 실컷 그렸던 그림이 도움이 됐나 싶었다. 하지만 저 애들이 전부 망쳐버렸다.

"언니, 괜찮아? 숨을 못 쉬겠어? 아, 진짜! 말 좀 해봐!"

싱크대 쪽에서 부스럭거리는 소리가 나더니 무견이 뛰어왔다. 무릎을 꿇고 아린의 입가에 검은 비닐봉지를 댔다. 비닐봉지가 희미하게 부풀었다 사그라들었다. 조용한 집 안에 아린의 쌔근거리는 숨소리만 울려 퍼졌다. 얼마나 지났을까, 마침내 아린이 비닐봉지에서 입을 떼고 고개를 들었다. 이번에는 민아가 물과 깨끗한 수건을 가져왔다. 아린은 천천히 물을 마셨다. 민아가 이마에 달라붙은 머리카락을 떼주려 했지만 아린은 민아의 손을 뿌리쳤다. 눈물이 쏟아졌다. 학교 애들에게 그랬던 것처럼 이번에도 추한 모습을 보이고 말았다. 이 애들이 싸우든 말든 쫓겨나든 말든 상관하지 말았어야 했다. 이렇게 지옥 같은 시간을 견뎠는데 진짜 세상에서는 1분도 지나지 않았다니 이건 저주나 마찬가지다. 시간을 흘려보내려면 돌아가야 한다. 가장 끔찍하지만 절대 벗어날 수 없는 집으로.

무견이 우물거렸다.

"저기…… 이제 괜찮아? 내가 진짜 미안……."

아린은 멤버들을 싸늘하게 쳐다봤다.

"나한테 말 걸지 마."

II. 탐색의 9월

1

멤버들이 소파에 앉은 광경은 팬데믹 시절의 거리 두기를 연상시켰다. 멤버들 사이의 빈 공간에 좌석 간 거리 두기 스티커라도 붙여야 그림이 완성될 모양새다. 집사 아저씨는 떨떠름하게 입을 열었다.

"다들 잘 지내고 있니?"

셋은 로봇처럼 고개를 끄덕였다.

"원래는 멤버들에게 집안일을 시키지 않는데 상황이 달라졌다. 할머니가 허리 수술을 받으러 입원하셨거든. 내가 이 집의 살림까지 책임지기는 벅차니 집안일을 분담해야겠다. 무견이와 아린이는 장 보는 일을 맡아라. 일주일마다 현금을 줄 테니 먹고 싶은 음식들로 냉장고를 채워 놔. 무견이가 이 집에 있는 시간이 제일 기니까 청소와 정원에 있는 화분 관리도 맡아주면 좋겠다. 화분 관리는 할머니의 특별 지시 사항이니 절대 죽이지 말도록. 아, 분갈이를 해야 할 화분들도 몇 개 있는데 필요한 물품들은 곧 사다 주마."

무견이 아린의 얼굴을 곁눈질하는 동안, 민아는 아저씨의 불쾌한 시선을 견디고 있었다. 아까부터 손목에 있는 모반을 쳐다보더니 이번에는 종아리를 흘끔거린다.

"그리고 우리 막내는…… 요리 좀 하니?"

"네?"

"여기 있으면서 라면이랑 과자만 먹을 수는 없잖니. 밑반찬도 할머니가 만들어주셨는데 이제는 그럴 수 없으니 네가 요리 좀 해봐라. 필요한 재료는 언니 오빠한테 사 오라고 해."

솔직히 요리는 자신 있었다. 엄마와 단둘이 살아서 어렸을 때부터 혼자 밥을 차려 먹는 건 일도 아니었다. 하지만…….

"저는 여기서 밥 안 먹는데요. 아침은 집에서 먹고, 점심은 학교에서 먹고, 저녁은 집에 가서 먹으면 되는데."

무견의 얼굴이 빨개졌다.

"누가 너한테 밥해달래? 케이크는 잘도 퍼먹으면서!"

"나만 케이크 먹었어? 퍼먹은 건 내가 아니라 그쪽이지!"

아린은 창밖으로 시선을 돌렸다. 덤덤한 척하고 있지만 머릿속에서는 돌풍이 몰아쳤다. 장을 보려면 마트나 슈퍼마켓에 가야 한다. 시끄럽고 밝고 사람들이 가득한 곳으로.

머리가 지끈거리기는 아저씨도 마찬가지였다. 이런 반응은 예상하지 못했다. 할머니의 부재로 일손이 모자란 건 사실이지만 다른 속내가 있기도 했다. 인간이란 모름지기 함께 노동을 하며 친해지지 않는가. 게다가 수술을 한다고 말했는데도 할머니의 안부를 묻는 아이는 아무도 없다. 아저씨는 못마땅한 마음을 누르며 말했다.

"질문 있는 사람?"

무견이 손을 들었다.

"이건 딴 얘긴데요……. 밖에 있는 우체통에 편지를 넣으면 진짜 답장이 들어 있어요?"

"그래."

"2층에 있는 세 개의 문은 뭐가 과거의 문이고 미래의 문이에요?"

"복도를 기준으로 왼쪽 두 번째 문이 과거의 문, 오른쪽에 있는 문이 미래의 문이다. 그 문들은 내가 보관하는 열쇠로만 열리니까 건드리지 마라. 그리고 너희가 해야 할 일은 함께 상의해서 역할을 바꿔도 돼. 할 말은 모두 전달했으니 난 이만 가보마."

아저씨가 봉투를 탁자에 내려놓고 사라지자 거실 공기는 한층 어색해졌다.

무견은 현금이 들어 있을 하얀색 봉투를 애처롭게 쳐다봤다. 마트에 가서 과자와 음료수를 잔뜩 사고 싶었지만 경찰이 자신을 찾고 있을지 모른다. 이 집에 숨은 지 벌써 이 주일이 지났다. 형과 엄마에게도 연락을 하고 싶었지만 공중전화를 쓰려면 밖에 나가야 한다. 전봇대마다 자신의 얼굴이 실린 수배 전단지가 붙었을지도 모른다. 그래도 아저씨가 시설 이야기를 꺼내지 않은 것을 보면 여자애들이 일러바치지는 않은 모양이다. 고마운 마음과 달리 퉁명스러운 목소리가 튀어나왔다.

"어쩔 거야?"

민아가 되물었다.

"뭘?"

"역할을 바꿔도 된댔잖아. 요리하기 싫으면 네가 저 누나랑 장 봐. 요리는 내가 할 테니까."

"흥, 요리할 줄은 알고?"

"그냥 대충 하면 돼! 내가 청소랑 요리하고, 분갈이인지 뭔지도 할 테니까 너랑 누나가 장만 좀 봐줘. 무거운 건 힘드니까 사 오지 말고 그냥…… 그때그때 필요한 것만 좀……."

민아는 도톰한 입술을 삐죽댔다. 민아도 무견이 돌아다닐 수 없는 상황이라는 걸 잘 알고 있다.

"저기, 언니. 말 걸지 말래서 지금까지 가만히 있었는데 지금은 의논해야 하는 상황이니까 말해도 괜찮지? 그냥 언니는 나랑 마트에만 가자. 근데 우리 둘이 같이 나가면 어디가 나오는 거야? 내가 사는 안산? 아니면 언니가 사는 청담동?"

"그건 안 되겠어. 나도…… 역할을 바꿔야겠어. 마트에 가려면 밖에 나가야 하는데……."

아린은 티셔츠 소매를 아래로 끌어내렸다.

"그럼 장은 혼자 볼게. 나, 알뜰하게 장보기 달인이거든. 언니는 대신 화분 관리를 하든가."

"미안한데 그것도 안 되겠어."

"왜? 그럼 언니는 뭘 하겠다는 거야?"

아린의 머리가 바닥으로 떨어졌다.

"난 밖에 못 나가."

2

안녕, 정아린! 9월도 벌써 일주일이 지났다. 내가 좋아하는 미드 새 시즌이 넷플에 떴는데 하필이면 23일부터 중간고사야. 밤마다 침대에 누우면 그냥 잘까, 딱 십 분만 보고 잘까 얼마나 고민이 되는지 몰라 (그 미드 이름은 〈기묘한 이야기〉야. 네 취향은 아닐 거 같지만 줄거리라도 찾아봐!). 아, 그리고 어제 학교에서 진짜 웃기는 일이 있었어. 우리랑 같은 반이었던 정인철 알지? 걔가 청소 시간에…….

소소한 내용으로 가득한 선재의 메일을 몇 번이나 읽었다. 마무리는 늘 한결같다. 답장 좀 하라는 핀잔과 얘기할 사람이 필요하면 연락하라는 다정한 마음. 아린이 학교에 가지 않은 뒤로 선재는 목요일 밤마다 메일을 보냈고, 아린은 오늘도 선재의 메일을 답장 없이 다른 편지함으로 이동했다. 둘은 같은 아파트에 살지만 학교에서도 동네에서도 마주칠 수 없다.

아린이 이 집을 나서지 않는 한.

오늘은 아빠가 일찍 퇴근하는 날이다. 아빠가 좋아하는 반찬들로 차려진 저녁 식탁과 고분고분한 가족들 앞에서도 아빠의 미간은 펴지지 않는다. 변호사 업무에서 오는 스트레스와 큰딸 정아린 때문에.

2년 전, 아빠는 대형 로펌을 그만두고 변호사 사무실들이 빽빽한 서울 서초동에 아린의 이름을 딴 사무실을 차렸다.

가족법 전문
법률사무소 아린

아빠는 식사 때마다 말한다. 그 코딱지만 한 사무실 월세가 얼마인 줄 아느냐고, 그곳에서는 화장실 한 칸을 빌리는 데도 한 달에 몇백이 든다고. 하지만 비싼 월세가 수임률과 승소율을 보장해주지는 않는다. 아빠처럼 이혼 소송을 주로 맡는 변호사 사무실은 서초동에만도 수십 군데다. 오늘처럼 패소해서 의뢰인에게 들볶인 날이면 아빠의 심기는 더욱 불편하다. 그리고 화살촉은 언제나 아린과 한 살 어린 여동생

아정을 향한다.

"정아정, 너 중간고사 언제야."

"아직 멀었는데요. 9월 20일부터."

"그게 고등학생이 할 소리야? 멀긴 뭐가 멀어! 너 지금 성적으로는 인서울도 못 해. 너희들 때문에 강남 한복판까지 왔는데 쪽팔리지도 않냐?"

언니와 달리 언제나 성적이 고만고만했던 아정은 묵묵히 오징어채를 씹었다. 살던 동네를 떠나 청담 비올렛 아파트에 입성한 이유는 오롯이 아린을 위해서였기에 동생은 대놓고 아린을 원망했다. 하지만 중학교 때까지만 해도 전교 석차를 주름잡던 아린이 '청담 비올렛 히키코모리'라는 해괴한 별명으로 불리게 될 줄은 누구도 상상하지 못했다.

그렇게 미래란 언제 멀쩡한 사람의 뒤통수를 칠지 모르는 것이다.

"할 수 있는 건 다 해. 족집게 과외 선생이든 뭐든 다 갖다 붙이라고. 작은 놈이라도 좋은 대학 가야 얼굴 들고 다닐 거 아냐."

엄마는 이때라는 듯이 모임에서 간신히 알아낸, 모시기가 하늘의 별 따기라는 과외 선생님 얘기를 꺼냈다. 엄마 아빠가 스타 과외 선생님이 부를 과외비를 예상하는 동안 아린은 시간의 집을 생각했다. 아린이 밖에 못 나간다는 얘기를 듣자마자 멤버들은 이것저것 캐묻기 시작했다.

이유가 뭔데? 혹시 햇빛 알레르기? 밖에 못 나가는데 이 집에는 어떻게 와? 순간이동이라도 해?

"야, 정아린. 너는? 오늘 온종일 집에서 뭐 했어."

"그냥…… 공부했는데요."

"그래? 그럼 학교는 언제 갈 건데?"

엄마가 용기를 내 끼어들었다.

"아우, 그만 좀 해! 내년에 검정고시 치르기로 얘기 끝냈잖아. 요즘엔 검정고시 봐도 대입이나 취업에 아무 지장 없대."

"아, 그래? 집 안에서 꼼짝도 안 하시는 분이 시험장까지는 어떻게 행차하실 건데? 정아린, 시험 날은 신발 신고 밖에 나갈 수 있어?"

몇 숟갈도 뜨지 않았는데 체기가 밀려왔다. 아빠가 젓가락으로 밥그릇을 소리 나게 두드렸다.

"너희는 도대체 뭐가 그렇게 힘드냐? 나가서 일을 하래, 돈을 벌어 오래? 그냥 학교 가서 공부만 죽어라 하면 되는데, 그것도 못 하겠으면 앞으로 어떻게 살 거야? 대한민국에서 제일 학군 좋은 동네에 살게 해줘, 비싼 과외 선생 붙여줘, 명품 옷에 핸드폰도 철마다 바꿔줬는데 공부만 잘해달라는 부탁 하나 못 들어줘? 작은 놈은 머리도 나빠, 성적도 개판이야. 큰 놈은 잘나가다 집에 틀어박혀서 꼼짝도 안 해!"

아빠 입에서 튀어나온 밥풀이 아린의 국에 떨어졌다. 윗배가 꽉 막힌 듯한 통증은 점점 심해졌다.

"야, 정아린. 너 집에서 꼼짝도 안 한 지 벌써 1년이 넘었어. 너랑 중학교 때부터 경쟁하던 민기. 그 황 변호사 아들! 걘 지금처럼만 하면 서울대 법대는 따 놓은 당상이라더라. 요즘 그 인간 고민이 뭔 줄 아냐? 민기가 자기처럼 법조계로 진출하면 좋겠는데 걔 꿈은 의사래. 그러면서 자기랑 친한 정신과 의사가 있는데 명함 줄 테니까 아린이 한번 데려가보라더라. 내가 제일 싫어하는 인간한테 그런 소리를 들어야겠냐?"

민기의 근황은 아린이 더 잘 알고 있었다. 간간이 염탐하는 그 애의 인스타그램은 환하게 웃는 셀카와 등급란이 '1'로 도배된 성적 통지표로 가득했다. 아빠의 잔소리가 다시 시작되려는 순간 기적처럼 벨소리가 울렸다. 아빠와 제일 친한 변호사의 이름이 핸드폰 화면에 떴다.

"응, 식사 중이었어. 어디? 그래, 지금 출발하면 삼십 분 안에 도착해."

아빠가 젓가락을 식탁에 던졌다.

"또 어딜 가. 벌써 9시 되어가는데."

"한잔만 하고 올게. 나도 스트레스 풀어야 할 거 아냐!"

현관문이 닫히자마자 싱크대 서랍장으로 달려갔다. 물도 없이 소화제를 삼키며 무견을 생각했다. 싫은 소리를 퍼붓던 아빠의 모습에서 무견을 몰아붙이던 자신의 모습이 보였다. 아빠 앞에서는 한 마디도 못 하는 주제에 그 애한테는 다닥다닥 잘도 쏘아붙였다.

만만하니까.

나이도 어리고, 공부도 못했을 것 같고, 가난해 보였으니까. 자신도 모르는 사이에 무견을 깔보고 있었다.

식탁 쪽에서 동생이 말했다.

"도대체 아빠는 왜 저래? 다른 집은 엄마가 공부하라고 들들 볶는다는데 우리 집은 반대잖아."

대답 대신 엄마는 한숨만 내쉬었다.

"언니 저렇게 될 줄 알았으면 그냥 예전 동네에 살았어야 했어. 그럼 지금처럼 내신도 바닥 안 쳤을 텐데. 아, 그냥 지금이라도 다시 이사 가면 안 돼?"

"어떻게든 버텨. 네 아빠한테 그런 말 꺼냈다가는 난리 나."

내가 정말 하고 싶은 일은 그림이라고 선언하면 어떻게 될까. 난리만으로는 끝나지 않을 것이다. 아빠의 반응을 상상하기만 해도 배 속이 다시 조여 왔다. 실패해서 상처받기보다는 시도조차 하지 않는 편이 낫다. 가족이 이렇게 된 건 결국 나 때문일까. 아빠의 바람대로 학교에 다니고, 좋은 대학교에 가고, 변호사가 되어 아빠 사무실을 물려받는다면 모두 행복해질까. 동생은 아빠의 관심에서 벗어나 숨통이 트이고, 나 때문에 아빠 눈치만 보는 엄마도 편해질까.

방으로 향하는 아린의 뒤통수에 동생의 원망 섞인 시선이 따라붙었다.

3

아영과 지우는 급식을 먹는 내내 새로 다니기 시작한 수학 학원 얘기를 떠들었다. 무시무시한 양의 숙제를 내주고 끝나는 시간도 제멋대로라고 했다. 민아는 고개를 끄덕이며 영혼 없는 맞장구를 쳤다. 아, 진짜? 와, 대박! 샘이 완전 잔인하네.

하지만 아이들은 아무리 삭막한 곳에서도 자신만의 즐거움을 찾아낸다.

"민아야, 그 학원에 고등학생들도 다니는데 엄청 잘생긴 오빠가 있는 거야. 누구였는지 알아?"

내가 알 리가 없잖아. 민아는 떨떠름하게 웃었다.

"효진 고등학교 얼짱이래! 대박이지!"

아영이 끼어들었다.

"학원 밑에 있는 편의점에서 그 오빠를 만났는데 김지우가 눈에서 레이저를 쏘는 거야. 조금만 더 쳐다봤으면 그 오빠 교복에 빵꾸 났을걸. 졸졸 쫓아다니면서 그 오빠가 집는 음식만 티 나게 따라 집는데 아, 진짜 쪽팔렸어."

지우는 아영의 말에 콧방귀를 뀌더니 비장한 얼굴로 말했다.

"나, 그 오빠한테 고백하려고. 그 오빠도 나한테 관심 있는 거 같거든. 내가 편의점에 있어서 일부러 따라온 거야."

민아는 결국 웃고 말았다. 금사빠와 도끼병이라는 말의 어원이 있다면 바로 김지우일 거다. 지우는 일주일 단위로 좋아하는 남자애와 아이돌이 바뀌었고, 누군가 자신을 쳐다보기만 해도 좋아해서 그런다고 믿었다.

"얼굴 궁금한데 다음에 사진 찍어 오면 안 돼?"

"그래!"

아영이 인상을 썼다.

"야, 정신 차려. 그것도 몰카야. 반대로 남자애가 여자애 사진을 몰래 찍는다고 생각해봐. 걸리면 난리 날걸?"

아영이 생각났다는 듯이 말했다.

"엄마한테 우리 학원 다니는 거 말해봤어? 너도 같이 다니면 귀찮게 그 오빠 사진 찍어 올 필요도 없잖아."

"거기…… 한 달에 얼마랬지?"

"사십. 방학 특강은 오십 정도. 특강은 꼭 안 들어도 되고."

민아는 급식으로 나온 탕수육을 꾸역꾸역 씹었다.

"나 방과후학교에서 수학 하잖아. 그거면 돼."

"답답한 소리 하네. 수학은 무조건 선행이라는데 그걸로 된다고?"

아니, 안 되겠지.

아영과 지우는 벌써 고등학교 진도를 나간다. 지금 배우는 수학도 삽질 중인 민아로서는 상상도 못 할 일이다. 내 꿈은 케이크 전문 요리사니까 수학 좀 못해도 된다고 당당하게 말하고 싶었지만 민아는 그 말을 탕수육과 함께 배 속 깊이 내려보냈다. 가뜩이나 절친들 사이에서 작아지고 있는데 그런 말을 했다가는 땅속까지 처박힐지도 모른다.

"아, 맞다. 우리 영어도 같이 다니려고. 내가 다니는 데 괜찮아서 김지우도 옮긴대."

처음 듣는 소식이다. 이번에는 민아에게 물어보지도 않고 결정한 모양이다. 당연히 안 될 줄 알았겠지. 수학 학원도 못 다니는데 영어 학원에 다닐 리 없으니까. 민아는 나란히 앉은 아영과 지우를 낯선 사람들처럼 쳐다봤다. 내가 끼지 않았다면 애들도 훨씬 편했을 텐데. 나를 배려하느라 일일이 설명해 줄 필요도 없었을 텐데.

지우가 울상을 하고 물었다.

"민아야, 너 화났어?"

"미쳤냐! 그런 걸로 화내게."

지글지글과 부글부글이 가슴을 찌르며 지나갔지만 민아는 웃으며 탕수육을 하나 더 집어 들었다.

* * *

"지난번에는 미안했어."

집안일 분담을 상의하러 모인 자리에서 아린은 의외의 말을 꺼냈다.

"무견이 너한테 심하게 굴었지. 그렇게까지 몰아붙일 필요는 없었는데."

"그렇게 말하면 뭐……. 나도 미안. 내가 더럽게 먹은 건 사실이니까. 야, 중딩. 넌 나한테 사과 안 하냐?"

"내가 뭘?"

"나한테 소리 질렀잖아."

"오빠가 먼저 잘못했잖아."

"난 미안하다고 했거든?"

민아는 도움을 청하듯 아린을 바라봤지만 아린의 눈동자는 너도 사과하라고 말하고 있었다.

"알았어, 나도 미안해. 근데 우리가 싸운 걸 아저씨도 아나? 그 뒤로는 케이크가 안 와. 집안일 열심히 할 테니까 케이크 좀 갖다 달라고 편지 써볼까?"

아린이 희미하게 웃었다.

"그 케이크가 그렇게 맛있어?"

"장난 아냐. 일반 빵집에서 파는 케이크랑은 차원이 달라. 내 꿈이 원래 요리사였는데 거기 케이크를 먹어보고 케이크 전문 요리사로 바뀌었다니까?"

"야, 중딩. 너 진짜 무식하다. 그런 건 파티시에라고 하는 거야. 나도 그 정도는 안다."

"이름이 뭐가 중요한데! 그리고 내가 검색해봤는데 그 케이크 하나에 오만 원이래."

"오만 원!"

무견의 우렁찬 목소리에 아린이 흠칫했다.

"가게도 엄청 예뻐. 서울 연남동에 있는데 언니는 서울 사니까 가볼 수도…… 아니다, 밖에 못 나간댔지."

민아는 아린의 미소가 사라지기 전에 얼른 물었다.

"왜 못 나가는지 말해주면 안 돼? 밖에 못 나가는데 여긴 어떻게 와?"

아린은 이 질문을 또 받으리라고 예상하고 있었다. 말해도 좋을지 망설여졌지만 자신의 이야기가 밖으로 새어 나갈 걱정은 없다. 멤버들은 이 집에 대해서는 반드시 입을 다물어야 하니까. 게다가 지금 설명해주지 않으면 12월까지 들볶일지도 모른다.

"너희들, 내가 현관으로 들어오는 거 본 적 있어?"

무견이 말했다.

"아니. 안 그래도 이상했어. 난 온종일 이 집에 있는데 갑자기 서재에서 벌컥벌컥 나와서. 순간이동이라도 하나 싶었지."

"맞아, 순간이동."

아린은 어디에서부터 이야기를 시작해야 할지 생각을 정리했다.

"너희도 지난번에 봤지. 심장 박동이 갑자기 빨라지면서 가슴이 터질 것 같을 때가 있어. 그럴 때는 이성적으로 생각하는 게 불가능해. 그냥…… 이러다 죽겠구나, 차라리 죽거나 기절하면 이 고통이 빨리 끝날 텐데 하는 생각밖에 안 들어. 더 무서운 건 그런 발작이 언제 일어날지 예측할 수 없다는 거야. 이런 병을 공황 장애라고 하는데…… 첫 증상은 작년에 시작됐어. 1학기 기말고사를 보는데 첫 교시가 영어였거든. 중간고사를 망쳐서 기말고사 때는 어떻게든 따라잡아야 했는데…… 문제를 푸는데 머릿속에 갑자기 전류가 흐르는 느낌이 들더니 지난번과 똑같은 증상이 시작됐어. 책상에 엎어져서 숨을 못 쉬니까 선재라는 남자애가 나를 업고 보건실로 뛰어갔지. 병원에 가서 온갖 검사를 받았는데도 몸에는 아무 이상이 없다고 정신과 상담을 받아보라더라. 결국 정신과에서 공황 장애 판정을 받았어."

선생님의 휘둥그런 눈, 비명을 지르던 아이들, 자신을 업고 계단을 내려가던 선재의 숨소리.

아이들은 아린 때문에 1교시 시험을 망쳤다고 격렬히 항의했다. 그런 일이 또 일어날지 모르니 아린은 다른 곳에서 시험을 보게 해달라고 요구한 아이도 있었다. 학교에 돌아왔을 때 아린을 맞이한 건 아이들의 싸늘한 눈빛이었다. 이제 괜찮냐고 물어봐준 아이는 선재뿐이었다.

"고등학생은 시험이랑 한 몸이 돼야 하잖아. 시험 때 그런 일을 겪으니까 도저히 다른 시험을 볼 수가 없었어. 시험을 보다가 또 공황 발작이 일어날까 봐. 처음에는 반드시 약물 치료를 해야 한대서 약을 잔뜩 받아오긴 했는데 약을 먹으면 속이 메슥거리고 잠만 쏟아졌어. 부작용 때문에 다른 약으로 바꾸면 또 다른 부작용이 생기고. 그래서 결국 약을 끊었고,

점점 학교에도 가지 않았어. 집 밖을 나가기조차 무서워서 방에서 꼼짝도 안 했어. 부모님도 처음에는 걱정했는데 집에 있는 시간이 길어지니까 결국 화를 내더라. 아빠가 학원이라도 가라고 하도 잔소리를 해서 첫 발작이 있고 몇 주 뒤에 학원에 갔는데 거기에서도 똑같은 일이 생겼어. 그렇게 학원도 못 가게 됐고, 학교는 출석 일수를 못 채워서 쫓겨났지. 지금은 고등학교 검정고시를 준비하느라 집으로 과외 선생님이 와. 병원 약을 못 먹으니까 엄마는 효과도 없는 한약만 지어 오고. 이건 아무한테도 한 적 없는 얘기인데, 학교에 안 가는 이유에는 아빠한테 반항하고 싶은 마음도 있었어. 우리 아빠는 변호사인데 내가 알아주는 대학을 졸업하고 자기처럼 변호사가 되기를 바라거든. 난 그쪽 일에 관심도 없고, 그렇게 좋은 대학에 갈 정도로 공부를 잘하지도 못하는데."

중학생 때까지만 해도 괜찮았다. 암기력이 좋아서 벼락치기만 열심히 해도 성적은 전교권이었다. 명문대 진학률이 높다는 강남의 한 외고에도 무사히 입학했다. 하지만 고등학생이 해야 할 공부의 양은 중학생 때와는 차원이 달랐다.

"그런 말이 있잖아. 중학생 때는 머리가 안 좋아도 열심히 공부하면 백 점이지만, 고등학생 때는 머리 좋은 애가 죽어라 공부해야 백 점이라고."

민아가 조심스레 물었다.

"그럼 결국 성적 스트레스 때문에 공황 장애가 생긴 거야?"

"응. 밖에 못 나가는 건 광장 공포증인데, 공황 장애를 앓는 사람들한테 많이 생긴대. 언제 발작이 일어날지 예측할 수 없으니까……."

아린은 입을 다물었다. 지금 이 자리에서 자신의 삶을 뒤집어놓은 사고까지 말하고 싶지는 않았다. 그래서 대신 멤버들이 궁금해하던 이야기를 들려주었다. 어떻게 자신의 방에서 이 집에 오는지.

"그럼 여기에서 언니 집으로 갈 때는 어떻게 해?"

"두 분한테 내 상황을 말씀드렸더니 하얀 운동화를 신고 서재 문을 열라고 하시더라. 그 말대로 했더니 이 집으로 올 때와 똑같은 빛이 쏟아졌어. 빛이 사라지고 다시 눈을 떴을 때는 우리 집 내 방에 있었고. 지금은 덤덤하게 말하지만 처음에는 엄청 무서웠어. 공황 장애도 모자라서 심각한 정신병에라도 걸린 줄 알았거든."

"그럼 아저씨는 언니 상황을 뻔히 알면서 장보기를 시켰던 거야? 그 아저씨 진짜 이상하다니까. 아무래도 변태 같아. 나만 보면 손목에 있는 모반이랑 종아리를 흘끔거려. 언니도 그 아저씨 조심해."

무견이 코웃음 쳤다.

"뭔 소리야. 모반은 너무 크고, 다리는 너무 짧아서 쳐다봤겠지. 나도 너 처음에 봤을 때 초딩인 줄 알았거든?"

"아, 진짜 심하네! 또 싸우자는 거야?"

"아저씨는 이런 걸 기대한 게 아니었을까?"

아린의 차분한 목소리에 멤버들은 입을 다물었다.

"아저씨는 내가 마트나 시장에 못 간다는 걸 알고 계셔. 그러니까 역할을 바꾸고 싶으면 서재에서 나와서 너희들과 대화를 해야 하지. 아저씨는 우리가 함께 얼굴을 맞대고 이야기를 나누기를 바랐을지도 몰라. 말을 하다 보면 또 다른 얘기도 하게 되고, 그러다 보면 속마음을 털어놓을 때도 있으니까. 지난주만 해도 너희한테 이런 얘기를 할 줄은 상상도 못 했거든. 저기, 너희가 궁금해하는 건 대답해줬으니까 이제 집안일을 나누자. 미안한데 나는 청소랑 요리를 하면 안 될까?"

무견이 고개를 끄덕였다.

"그럼 내가 화분 관리를 맡을게. 그런 일이라도 해야 시간이 가지. 야, 중딩. 너한테는 장보기만 좀 부탁하자. 요리도 걱정하지 마. 어차피 두 사람은 여기에서 밥 안 먹으니까 내가 대충 해 먹으면 돼. 아, 그리고 정원에 있는 우체통 말인데. 거기에 편지를 넣으면 꼭 집사 아저씨한테만 가? 할머니한테 새 옷 사주셔서 고맙다고 편지 쓰고 싶은데."

"뭘 모르시네. 그 옷은 할머니가 아니라 아저씨가 가져왔어. 아침에 몰래 놓고 가다가 나한테 들켰다고."

무견은 자신의 옷을 물끄러미 내려다봤다. 민아가 결심한 듯 말했다.

"우리 화해한 기념으로 이번 주 토요일에 같이 저녁 먹을래? 우리 엄마가 닭갈비 가게에서 알바하거든. 먹자골목 최고 맛집이라 사람들이 줄 서서 먹어. 엄마한테 남은 닭갈비 좀 가져오라고 할게."

"오, 나야 땡큐지!"

아린은 생각에 잠겼다. 동생은 토요일에도 학원에 간다. 아빠는 주말마다 골프 약속이 있고 엄마도 이번 주 주말에 온종일 외출한다고 했다.

"나도 괜찮아."

민아가 박수를 쳤다.

"좋아! 토요일 저녁 6시에 모이자!"

"그럼 난 화분에 물부터 줘야겠다."

소파에서 어색하게 일어나는 무견을 향해 아린이 속삭였다.

"고마워."

무견은 거실을 어슬렁거리다 다시 소파 쪽으로 돌아왔다. 민아가 속눈썹을 깜박이며 무견을 쳐다봤다.

"왜 다시 와? 화분에 물 준다며."

"저기…… 혹시……."

멤버들의 어리둥절한 시선에 목덜미가 달아올랐다. 부끄러움을 무릅쓰고 다시 말을 꺼내려 했을 때 아린이 말했다.

"물뿌리개는 정원에 있을 거야."

"아, 그렇겠네."

결국 하고 싶은 말은 꺼내지 못한 채 밖으로 나갔다. 먼지가 내려앉은 빨간 우체통 위에 무견의 한숨이 더해졌다.

4

오늘도 아침 7시에 눈이 떠졌다. 몸은 시설에서 보낸 넉 달을 여전히 기억했다. 커튼 사이로 비쳐 드는 햇빛을 피해 돌아눕자 옷장과 작은 화장대뿐인 썰렁한 방이 보였다. 시설에서였다면 네 명은 함께 잤을 만한 크기다. 함께 도망쳤다가 잡힌 아이들은 어떻게 됐을까. 다시 시설로 보내졌을까. 아니면 다시 재판을 받고 소년원처럼 경비가 더 삼엄한 곳으로 보내졌을까. 이 집에서의 생활은 익숙해졌지만 초조한 마음은 커져만 갔다. 어제, 멤버들과 분위기가 좋았던 틈을 타 핸드폰을 빌리려고 했지만 도무지 입이 떨어지지 않았다. 시설에서 탈출해 가진 게 아무것도 없다는 사실을, 죄를 짓고 도망 중인 신세라는 사실을 굳이 일깨우고 싶지 않았지만 지금은 자존심을 내세울 때가 아니기도 했다. 엄마와 형의 소식이 미치도록 궁금했다.

엄마 상태는 어떨까. 지금쯤이면 퇴원했을 텐데 다친 팔은 괜찮을까.

우유에 시리얼을 말아 먹고 정원으로 나왔다. 높은 담장을 바라보다 벤치를 담장 옆까지 끌고 가 위에 올라섰다. 예상대로 이 집에 들어오기 전에 봤던 대전의 주택가가 보였다. 큰길로 나가면 어딘가에 공중전화가 있을 텐데. 용기를 내볼까 싶은 사이 앞집 대문이 열리더니 할아버지가 나왔다. 무견은 황급히 벤치에서 뛰어내렸다. 혹시 나를 봤을까. 파란 머리카락이 눈에 띄었을까. 하여튼 생각 없이 염색한 이 머리카락이 문제다. 마스크를 끼고 야구 모자까지 눌러쓴다면 공중전화가 있는 곳까지는 괜찮지 않을까. 무견은 위험한 생각을 서둘러 쫓아냈다. 나는 붙잡히지 않은 마지막 소년범이다. 12월까지는 이 집에 얌전히 숨어 있어야 선택의 기회를 얻을 수 있다.

무견은 결국 다시 집 안으로 들어왔다. 이제 미뤄 두었던 일을 할 차례다.

편지.

우중충한 기분과 달리 환한 햇빛이 서재 책상에 놓인 연습장과 필통을 비추었다. 서재도 멤버들이 함께 쓰는 공간이지만 왠지 아린의 방에 발을 들인 것 같아 어색했다. 필통을 열어보니 공들여 깎은 연필들과 뽀로로 캐릭터가 그려진 색연필들이 보였다. 아빠가 변호사면 부자 아닌가. 비싼 색연필도 살 수 있을 텐데 왜 이런 걸 쓰지. 무견은 닫힌 서재 문을 흘끔거리며 이번에는 연습장을 집었다. 내용이 궁금했지만 아린이 이 방으로 순간이동이라도 하면 큰일이다. 자기 물건을 건드린 걸 알면 또 발작을 일으킬지도 모르지만 결국 호기심을 이기지 못하고 연습장을 펼쳤다.

얇은 종이를 넘길수록 입술이 천천히 벌어졌다. 종이마다 그림이 그려져 있었다. 청명한 하늘 아래 한적한 도로를 달리는 캠핑카, 눈 덮인 산속을 홀로 지키는 통나무집, 여행 가방을 들고 기차역으로 달리는 사람들. 실내를 그린 그림은 하나도 없었다.

아예 의자에 자리를 잡고 앉아 그림을 처음부터 찬찬히 넘겨봤다. 연필과 색연필만으로 어떻게 이런 풍경을 표현할 수 있을까. 무견은 미술관에 가본 적이 없었다. 그림 실력도 엉망이었다. 그래서 아린의 그림에서 느낀 벅찬 감정을 이렇게밖에 표현할 수 없었다.

나가고 싶다.

아린이 그린 풍경 속으로 뛰어들고 싶었다. 그림 속 캠핑카를 타고 머리카락을 흐트러뜨리는 바람을 맞으며 미친 듯이 달리고 싶었다. 이 집에 숨어든 지도 벌써 삼 주가 지났다. 답답함과 무료함은 사치라고 생각하며 간신히 외면해 왔다. 무견은 황급히 연습장을 덮었다. 당장이라도 파란 대문을 열고 뛰쳐나가고 싶은 마음을 온 힘을 다해 내리눌렀다. 사실은 아린도 자신 못지않게 밖에 나가고 싶은 걸까. 이렇게 서재에 틀어박혀 그림만 그리는 것은 변호사 대신 화가가 되고 싶어서일까. 그렇다면 공황 장애가 생긴 원인에 그런 이유도 있을까.

무견은 책상 서랍에서 편지지와 봉투를 꺼낸 뒤 도망치듯

서재를 나갔다.

* * *

무견에게,

올해의 멤버에게 받은 첫 번째 편지로구나. 그만큼 반가우면서도 조금 껄끄러운 기분이 들기도 한다. 너를 멤버로 받아준 게 옳은 일인지 아직도 확신이 서지 않지만, 지난 일을 후회하기보다는 네가 그 집에서 편안히 지내도록 돕는 게 내 역할이겠지. 부디 규칙을 충실히 지켜서 집사 할머님의 판단이 맞았음을 보여주기 바란다.
추신. 먼저 사과해주어 고맙다. 함께 보낸 옷은 화해의 표시로 받아주겠니?
추추신. 민아가 먹고 싶어 한다는 포레스트 캣의 케이크는 토요일 아침에 가져다주마.
추추추신. 너희들이 '조금'이라도 친해졌다니 기쁘구나. 진심이다.

9월 10일
시간의 집사

우체통 옆에서 아저씨의 답장을 읽는데 파란 대문이 열렸다. 무견을 본 아저씨가 중얼거렸다.

"이런."

무견은 어색하게 고개를 숙였다.

"오셨어요?"

"에, 그게. 이걸 놓고 가려고."

아저씨는 흙이 든 커다란 비닐과 화분들을 힘겹게 내려놓았다.

"그게 뭐예요?"

"할머니가 분갈이도 부탁한댔잖아. 혼자 하기는 번거로울 테니 민아한테 도와달라고 해."

아저씨는 미키 마우스 스트랩이 달린 스마트워치를 들여다봤다.

"7시밖에 안 됐는데 빨리 일어났구나."

아저씨에게 대들었던 일은 편지로 사과했지만 정작 하고 싶은 말은 따로 있었다. 만나서 직접 하려고 편지에는 쓰지 않았지만, 막상 아저씨를 만나자 입이 떨어지지 않았다.

"연습 삼아 작은 화분부터 시작해보렴. 뿌리가 다치지 않도록 주의하고. 그럼 가보마."

"잠깐만요!"

아저씨가 고개를 돌렸다.

"할머니는 괜찮으세요?"

"안 그래도 내일 수술을 받으신다. 아무래도 연세가 있으시니까 회복하는 데 시간이 걸리겠지. 물어봐줘서 고맙다, 그럼 이만."

"잠깐만요! 어, 그게…… 답장이랑 같이 주신 옷은 아직 못 뜯어봤는데요. 고맙습니다, 잘 입을게요."

"미국 디즈니랜드에서 직접 산 미키 마우스 티셔츠야. 한국에서는 구하기 힘든 옷이지만 그렇게 감동 안 해도 된다. 사이즈가 그것뿐이라 일단 사 오긴 했는데 내가 입으니 포대자루를 뒤집어쓴 것 같아서. 그럼 좋은 하루 보내라."

"잠깐만요!"

아저씨의 얄팍한 인내심이 드디어 바닥을 드러냈다.

"거참, 하고 싶은 말이 있으면 빨리빨리 좀 해라!"

무견이 벌겋게 달아오른 얼굴로 외쳤다.

"저 필요한 게 있어요!"

5

"짜잔!"

민아가 진공 포장된 닭갈비 두 팩을 쇼핑백에서 자랑스럽게 꺼냈다.

"빨간색이 아니라 당황스럽지? 매운맛도 팔긴 하는데 이 집은 소금 닭갈비가 대박이야. 손님들도 다들 그거 주문해."

민아가 포장지를 가위로 자르며 무견에게 물었다.

"밥 지어놨지?"

"어."

"그럼 된장찌개 끓여서 닭갈비랑 먹자. 내가 멸치로 육수 낼 테니까 오빠는 호박이랑 감자, 파, 두부 꺼내서 한입 크기로 썰어. 아린 언니, 닭갈비 구울 수 있겠어?"

"그냥…… 프라이팬에 올려놓으면 되지?"

"언니는 그냥 앉아 있는 게 낫겠다."

"미안. 그럼 설거지는 내가 할게."

"야, 중딩. 너한테 선물 있어."

무견이 냉장고에서 꺼낸 케이크 상자를 보고 민아는 기쁨의 비명을 질렀다.

"아저씨한테 편지로 특별히 부탁했지. 네가 이 케이크 그리워하니까 더 가져다 달라고."

"답장도 받았어? 보여주면 안 돼?"

무견은 눈을 껌뻑였지만 멤버들이 보면 안 될 내용은 들어 있지 않다. 무견은 편지를 가져와 민아에게 건넸다.

"와! 옷도 선물 받았어? 무슨 옷인데? 입어봐!"

"됐거든?"

아린도 거들었다.

"나도 궁금한데. 입고 나와봐."

멤버들의 성화에 무견은 안방으로 들어가 옷을 갈아입고 나왔다. 무견이 화분 담당인 걸 알기라도 하듯 선글라스를 낀 미키 마우스가 나뭇잎 더미 위에 위풍당당하게 서 있다. 아린마저 웃음을 터뜨리자 무견은 시뻘게진 얼굴로 배꼽까지 오는 티셔츠를 밑으로 끌어내렸다.

"안 입는다고 했잖아! 아씨, 옷이 왜 이렇게 짧아. 다시 갈아입고 온다!"

"안 돼!"

아린과 민아가 동시에 소리쳤다.

결국 무견은 그날만 미키 티셔츠를 입고 있기로 했다. 민아는 능숙한 솜씨로 된장찌개를 끓이기 시작했다. 냉동실에서 발견한 새우와 바지락까지 투하하자 구수한 냄새가 부엌을 메웠다. 찌개가 끓어오르는 동안 소금 닭갈비가 프라이팬에 올랐다. 멤버들은 민아가 부엌을 누비는 모습을 경탄의 눈길로 지켜봤다.

"이 닭갈비 실화냐? 짱맛이네!"

마침내 닭갈비를 맛본 무견이 외쳤다.

"철판에 구우면 훨씬 맛있어. 다음에는 매운 닭갈비랑 간장 닭갈비도 가져올게."

"그렇게 막 가져와도 돼?"

"괜찮아! 사장님이 우리 엄마 엄청 예뻐해서 그날 팔고 남은 건 다 가져가라고 하셔."

민아가 큼직한 닭고기 조각을 아린의 밥 위에 놓았다.

"많이 먹어, 언니. 아이돌도 아니고 너무 말랐잖아."

고소하고 짭조름한 맛이 아린의 입안에 퍼졌다. 자신의 집도 아닌 곳에서 고작 한 달 전에 만난 아이들과 밥을 먹고 있는데 마음은 편안했다. 집에서 먹는 밥은 늘 모래알처럼 까끌거렸다. 언제 비난이 쏟아질지 두렵기만 했다. 이 집에서는 그런 걱정을 하지 않아도 된다. 이 아이들은 나를 비난하지 않는다. 우리는 같은 목표와 기회를 가지고 있으며 저 아이들도 분명히 말하지 못한 사연을 품고 있을 것이다.

이대로라면 우리, 친구가 될 수 있지 않을까.

* * *

"야, 중딩. 넌 여기 왜 왔냐?"

민아는 포레스트 캣의 레드벨벳 케이크 맛을 음미하며 속눈썹을 깜박였다.

"오빠는 왜 소년원에서 탈출했는데?"

민아는 순식간에 어두워진 무견의 표정을 보고 아차 싶었다.

"미안. 소년원이 아니라 소년보호시설이랬지? 말하기 싫으면 내 얘기부터 할게. 난 엄마랑 둘이 살아. 아빠는 처음부터 없었어."

민아는 숨을 길게 내뱉었다. 주눅 들지 말자. 아빠가 없는 건 내 잘못이 아니다.

"우리 엄마는 고2 때 나를 낳았어. 얼굴 한 번 못 본 외할아버지는 학교 선생님이었는데 엄마가 나를 낳겠다고 하니까 나가라고 했대. 그럴 거면 아예 집에 들어오지 말라고. 그래서 동갑이었던 아빠랑 가출해서 거리를 떠돌았대. 길거리 음식 사 먹고, 잠은 공원 같은 데서 자고. 원래는 아빠가 나를 낳자고 했다는데 아빠는 결국 얼마 못 버티고 도망쳤어. 화장실에 다녀온다고 하더니 그 뒤로 영영 사라졌대. 엄마는 결국 미혼모 보호 시설에 들어가서 나를 낳았고. 어때, 아침 드라마 같은 뻔한 스토리지?"

엄마는 민아에게 과거의 일을 솔직히 털어놓았다. 민아를 낳을지 말지 끝까지 갈등했다는 것까지. 엄마의 솔직함이 고마웠지만 민아는 엄마에게 솔직하지 못했다. 아빠의 이름은 뭔지, 얼굴은 어떻게 생겼는지 알고 싶었지만 한 번도 물은 적이 없었다. 이름만 알았어도 인스타그램이나 페이스북을 샅샅이 뒤져서 자신과 닮은 남자를 찾아냈을지도 모른다. 가끔은 이런 상상을 하기도 했다. 어쩌면 길을 걷다가 아빠와 한 번쯤은 마주쳤을 수도 있다고. 아빠와 딸인데도 서로를 알아보지 못하고 지나갔을지도 모른다고. 아니면 어느 날 갑자기 아빠도 민아가 궁금해져서 불쑥 찾아오지는 않을까. 세상에는 기적이 있다고 하던데 자신에게도 그런 기적이 일어나지는 않을까. 세상에는 시간의 집 같은 곳도 존재하는데 아빠가 딸을 찾아오는 기적이라면 기대해볼 만한 일이 아닐까.

"내 나이 때 너를 낳으신 거네. 너희 어머님 정말 용감하시다. 얼마나 힘드셨을지 상상도 못 하겠어."

"언니! 싱글맘을 불쌍하게 보는 시선도 편견이야. 어른들은 대놓고 혀를 차. 애가 불쌍해서 어쩌냐, 엄마가 무지 힘들겠다. 주민센터에서 만났던 할머니는 우리더러 뭐랬는 줄 알아?"

민아는 목소리를 가다듬고 그때 들은 할머니 목소리를 흉내 냈다.

"하이고, 아빠도 버린 애를 뭐가 좋다고 낳았노!"

멤버들은 민아의 시선을 황급히 피했다.

"아, 뭐야! 나랑 엄마 안 불쌍하니까 걱정하지 마. 우리 엄마 엄청 젊어서 친구 같거든."

무견이 물었다.

"그럼 넌 한부모 가정 애라 여기 온 거야?"

"아마도? 이 집도 한부모 가정 애는 딱하게 살 거라는 편견이 있나 봐."

눈 딱 감고 속마음을 털어놓을까. 사실은 나도 다른 애들처럼 아빠가 있으면 좋겠다고. 베프들이 나만 빼고 같은 학원에 다녀서 질투 난다고.

"나도 궁금한 거 있는데."

"응. 말해, 언니."

"네 속눈썹은 어떻게 맨날 바짝 올라가 있어?"

"하, 진짜 쉬운 건데. 기다려봐."

민아는 가방을 뒤적이더니 이쑤시개와 뷰러, 라이터를 꺼냈다. 민아가 담배라도 피워 물 줄 알았는지 아린의 눈이 동그래졌다.

"이리 와봐. 언니 속눈썹도 하늘 끝까지 올려줄게."

"아니, 싫어. 하지 마."

애써 밝은 척하는 민아가 안쓰러워서 화제를 돌렸을 뿐인데 난데없이 속눈썹 시술을 받게 생겼다. 민아는 뷰러로 아린의 속눈썹을 바짝 집은 뒤, 라이터로 달군 이쑤시개를 속눈썹에 댔다.

"봐, 훨씬 예쁘지? 그지, 무견 오빠?"

"아니? 저 누나는 자연스러운 게 예뻐."

갑자기 찾아온 정적과 함께 무견의 얼굴이 발갛게 물들었다.

"오, 시간의 집에서 커플 탄생? 사실 이 집에서 그런 일도 많았을걸? 자주 모이다 보면……."

아린이 민아의 등을 매섭게 때렸다.

"아야! 와, 이 언니 손 진짜 매워!"

디저트 시간까지 끝나자 멤버들은 함께 식탁을 정리했다. 민아가 멤버들의 눈치를 살피며 말했다.

"저기…… 남은 케이크 한 조각만 집에 가져가면 안 될까? 엄마 알바 끝내고 오면 야식으로 주려고. 나만 비싼 케이크

먹기 미안해서 그래."

"그냥 다 가져가. 무견아, 괜찮지?"

무견도 허락하자 민아는 환한 얼굴로 남은 케이크를 상자에 넣었다. 그 모습을 지켜보며 아린은 자신의 가족을 떠올렸다. 민아처럼 가족에게 다정한 마음을 품어본 적이 언제였던가. 예전에는 분명히 그런 날도 있었을 텐데 어쩌다 여기까지 와버렸을까. 하지만 가족을 떠올리자 미움이라는 익숙한 감정이 가슴을 금세 짓눌렀다. 그리고 아린은 가족을 미워하는 자신을 또다시 미워해야만 했다.

6

지난번 우체통 앞에서 아저씨를 만났을 때 무견은 부끄러움을 무릅쓰고 말했다. 필요한 물건이 있으니 만 원만 달라고. 잔소리만 실컷 들을 줄 알았는데 아저씨는 오히려 미안해했다.

"먹고 자는 일은 이 집에서 해결할 수 있겠지만 그렇다고 돈 쓸 곳이 없는 건 아니지. 내가 생각이 짧았구나."

아저씨가 내민 오만 원짜리 지폐 네 장 앞에서 무견은 귓바퀴가 불타는 것 같았다.

"또 필요한 게 있으면 얘기해라. 말로 하기 힘들면 편지를 쓰든가. 이제 진짜 가도 되지?"

그날 받은 지폐 한 장을 만지작거리며 무견은 10시가 되기를 기다렸다. 학생들이 모두 학교에 가고, 어른들은 모두 일터에 갈 수 있도록.

거실 괘종시계가 10시를 가리키자마자 현관으로 뛰어가 하얀 운동화를 신었다. 아린의 그림을 훔쳐본 뒤로 당장이라도 거리로 뛰쳐나가고 싶은 마음을 참아야 했다. 마침내 주택가를 지나 큰길로 나왔지만 가슴이 트이기는커녕 온몸이 뻣뻣해졌다. 우선 이 머리카락을 감출 모자와 마스크부터 사야 한다. 고개를 숙인 채 주변을 살피며 걷던 무견은 횡단보도 근처 전봇대에서 뜻밖의 얼굴을 마주했다.

시설을 탈출한 날에 만났던 고양이. 파란 방울 목걸이를 보니 녀석이 틀림없다. 무견은 고양이 옆에 쪼그리고 앉아 속삭였다.

"야! 형 기억 안 나? 내가 소시지 줬잖아!"

무견은 금세 머쓱해졌다. 퉁퉁 불은 젖을 보니 한 달 사이에 새끼를 낳은 모양이다. 왜 당연히 수컷이라고 생각했을까. 새끼들은 어디에 두고 혼자 돌아다닐까.

"너, 여기서 딱 기다려. 알았지?"

근처에 있던 편의점에서 마스크와 고양이 통조림을 사 왔지만 고양이가 기다리라는 말을 알아들을 리 없었다. 아쉽지만 녀석이 있던 전봇대 근처에 통조림을 뜯어 놓아두었다.

다시 거리를 건넌 무견 앞에 '수림 호수 공원 300미터'라는 표지판이 나타났다. 호수라는 단어를 보자 설렘으로 걸음이 빨라졌지만 행인들은 한결같이 무견의 머리를 흘끔거렸다. 이대로는 안 되겠다 싶을 때 양말과 속옷 따위를 파는 작은 트럭이 나타났다. 무견은 그 트럭에서 가장 저렴한 야구모자를 샀다. 머리카락도 가렸으니 가끔은 호수 공원으로 산책을 나와도 괜찮지 않을까. 잔반을 챙겨 와서 고양이에게 줄 수도 있을 텐데.

이런저런 생각을 하며 걷다 보니 금세 호수 공원에 도착했다. 매점 옆에서 공중전화를 발견한 무견은 동전을 넣고 엄마의 핸드폰 번호를 눌렀지만 전원이 꺼져 있었다. 이번에는 대신 형의 번호를 눌렀다.

"여보세요?"

"형, 나야. 무견이."

"무견이, 무견이, 무견이!"

독특한 억양이 있는 형의 어눌한 목소리를 듣자마자 가슴 한복판에서 뜨거운 기운이 치솟았다. 무견은 울지 않으려고 눈을 힘주어 감았다.

"어디야, 형? 엄마는 퇴원했지? 엄마 핸드폰이 꺼져 있던데."

"엄마, 엄마, 엄마."

"그래, 엄마. 퇴원했지? 이제 다친 팔은 괜찮아?"

"엄마 안 좋다. 계속 누워 있다."

심장이 철렁했다. 무슨 일이 생긴 걸까. 지적 장애가 있는 형이 조리 있게 말하지 못한다는 걸 알면서도 가슴이 답답함으로 터질 것 같았다.

"그게 무슨 말이야? 아직 팔 안 나았어? 엄마 옆에 있으면 바꿔줘."

"엄마 없다. 집에 없다."

"그럼 어디 있어? 아까는 계속 누워 있다며!"

"병원에 누워 있다. 안 좋다."

마른 입가를 박박 문질렀다. 시설에서 엄마와 마지막으로 통화했을 때는 공장에서 팔을 다쳐 수술을 했지만 일주일 안에 퇴원할 수 있다고 했다. 치료비도 회사에서 내준다고 했다. 그런데 왜 아직도 병원에 누워 있다는 걸까. 치료비는 정말로 회사에서 도와줄까. 나라에서 받는 지원금으로는 턱도 없을 텐데.

"엄마는 누가 돌봐줘? 병원에 혼자 있어도 괜찮은 거야?"

"택환 아저씨 있다."

"뭐?"

"나랑 엄마 도와준다. 너도 도와준다. 그러니까 전화해야 된다."

"택환 아저씨가 형한테 그랬어? 내가 택환 아저씨한테 전화해야 된다고?"

한동안 잊고 있었던 이름을 듣는 순간, 모자 속 머리카락이 바짝 서는 듯했다. 그 아저씨까지 알게 됐나. 아니, 모르는 게 더 이상하다. 택환 아저씨는 대전 경찰서 형사인 데다 무견의 이야기는 인터넷 뉴스에도 실렸으니까.

"형, 잘 들어. 나한테 전화 온 거 택환 아저씨한테는 절대로 말하면 안 돼. 어떻게 해야 된다고?"

"말하면 안 된다."

"엄마한테도 내가 전화한 거 말하지 마. 형도 밥 잘 챙겨 먹고. 할 수 있지?"

"할 수 있다. 무영이 할 수 있다."

"다시 전화할게, 형."

전화 부스에서 나와 호수로 이어지는 계단을 내려가는데 다리가 후들거렸다. 택환 아저씨가 엄마와 형을 도와준다고? 지가 뭔데, 우리 집이 누구 때문에 이렇게 됐는데. 아빠를 죽여 놓고 무슨 자격으로 얼쩡거려.

인생을 꼬이게 만들었던 사건들을 하나씩 거슬러 올라가다 보면 꼭대기에는 언제나 택환 아저씨가 있었다. 무견은 호수를 노려보며 거친 숨결을 내뿜었다. 눈앞에 펼쳐진 푸르른 호수는 이제 자신을 집어삼킬 듯한 시커먼 물웅덩이로 보였다.

III. 갈등의 10월

1

아저씨의 집 창고에는 하얀 운동화가 든 상자들이 들어차 있다. 상자에는 운동화 크기만 적혀 있을 뿐 상표나 제조사 이름은 보이지 않는다. 아저씨는 크기별 운동화 수량을 점검한 뒤 선반에 쌓인 먼지를 털어냈다. 지금까지 수많은 아이들을 시간의 문으로 들여보냈지만 아저씨도 시간의 집에 대해 아는 것이 많지 않다. 아저씨는 자신의 전임자에게 이 일을 넘겨받았고, 그 전임자는 또 다른 전임자에게 인수인계를 받았다. 멤버로 선택된 아이들은 종종 똑같은 질문을 했다. 시간의 집은 언제 어떻게 탄생했냐고, 그리고 언제까지 아이들을 도울 예정이냐고. 그럴 때마다 아저씨는 장난스럽게 대답했다.

글쎄다. 나도 알고 싶구나.

멤버들은 치사하다는 얼굴이었지만 솔직한 대답이었다.

아저씨는 어떤 종교도 믿지 않았지만 가끔은 자신이 만든 세상을 관찰하는 절대자의 존재를 상상했다. 우리가 흔히 기적이라고 부르는, 인간의 상식으로는 도저히 설명할 수 없는 현상들은 혹시 절대자의 손길이 아닐까. 사망 선고를 받은 아기를 부모가 안아주자 다시 심장이 뛰었다거나 붕괴한 광산에 갇힌 광부들이 모두 무사히 구출되었다거나 하는 일들 말이다. 그런 기적은 인간들의 고단한 인생에 베푸는 절대자의 자비 같은 것은 아닐까. 이런 상상을 하다 보면 시간의 집도 그런 기적의 일부라는 생각이 들었다.

아저씨가 정확히 말할 수 있는 사실은 이것뿐이다. 시간의 집은 정확히 8월 1일에 하얀 운동화를 가진 멤버들에게 열린다. 1년 만에 새로운 아이들이 찾아온 적도 있고, 이번에는 5년이 걸렸다. 하얀 운동화는 파란 대문이 열리는 날짜로부터 정확히 일주일 전에 아이들을 찾아간다. 멤버들이 하얀 운동화를 어떻게 갖게 되었든 그 운동화는 전부 아저씨의 손에서 출발했다.

아저씨의 집 정원에 있는 우체통에는 두 개의 함이 달려 있다. 위쪽은 멤버들에게 보낼 편지를 넣거나 받아보는 공간이고, 아래쪽은 운동화를 넣는 곳이다. 매년 7월 15일이 되면 위쪽 함에 편지가 도착한다. 편지에 아무것도 쓰여 있지 않다면 그해에는 시간의 집이 열리지 않는다는 뜻이다. 하지만 이번 멤버들의 이름과 나이, 신발 크기가 적혀 있는 편지가 왔다면 보름 뒤 마침내 새 멤버들에게 시간의 집이 개방된다. 그때부터 두 집사는 분주해진다. 아저씨는 아래쪽 함에 멤버들의 발 크기에 맞는 하얀 운동화들을 넣은 뒤, 할머니와 함께 오랫동안 비어 있던 시간의 집을 재단장한다.

선반 청소를 마친 아저씨는 자신의 서재로 돌아와 책상 서랍에서 원목 상자를 꺼냈다. 오랜 세월 동안 여러 집사들의 손을 거쳤지만 흠집 하나 없이 반들반들하다. 과거, 현재, 미래의 문을 열 수 있는 하나의 열쇠가 이 안에 들어 있다. 상자에는 어떠한 보안 장치도 필요하지 않다. 12월 31일 선택의 날이 될 때까지는 절대로 열리지 않기 때문이다. 아저씨는 부드러운 천으로 상자를 구석구석 닦았다. 체력이 허락하는 한 집사 일을 절대로 놓고 싶지 않다.

하지만…….

아저씨는 민아를 만난 날부터 몇 번이나 꺼내봤던 오래된 소망 노트를 다시 한번 펼쳤다.

> 아기의 다리를 낫게 해주세요.
>
> 제 소망은 그것뿐입니다.

단아한 외모를 가진 여고생과 아기의 울음소리가 생생히

떠올랐다. 왼쪽 손목에 모반이 있고 속눈썹이 유난히 길었던 아기. 여고생은 아기를 낳기 전인 과거로 가고 싶어 했다. 홀로 아기를 키우는 일이 힘에 부쳤던 데다가 아기는 다리에 선천적인 장애까지 있었다. 아저씨는 멤버들의 사생활에 개입하지 않는다는 다짐도 잊고 여고생과 함께 아기를 돌보며 조언을 아끼지 않았다.

네가 과거의 문을 선택하면 이 아이는 세상에 존재하지 않게 돼. 그러니 현재나 미래로 가렴.

소망 노트에는 아기의 다리를 낫게 해달라는 소망을 쓰면 돼. 너는 이제 엄마잖니.

여고생은 결국 아저씨의 말을 따랐고, 소망은 이루어졌다.

하지만 아저씨는 민아를 보며 무턱대고 기뻐할 수만은 없었다. 시간의 집 멤버가 되었다는 것은 현재가 행복하지 않다는 뜻이니까. 두 모녀는 지금 어떻게 살아가고 있을까. 민아 엄마의 선택에 개입했던 것이 과연 옳은 일이었을까.

자신이 했던 말은 조언이었을까, 강요였을까.

2

아린의 시선은 핸드폰 화면을 떠나지 못했다. 오늘 뜬 인터넷 뉴스에서는 도주 중인 A군이 대전 소년보호시설 탈출 사건의 주동자라고 했다. A군은 지적 장애가 있는 형과 엄마와 살고 있으며, 폭행죄로 소년보호시설에 송치되었다는 내용도 있었다. 댓글 창은 시설을 철없이 탈출한 A군을 비난하는 댓글과 A군의 가정 환경을 안타까워하는 댓글로 나뉘었다. 누군가는 폭행죄면 당연히 학교폭력이 아니겠냐며 소년범의 형량을 더욱 강화해야 한다고 주장했다.

무견이 정말 주동자일까.

소년보호시설은 수감 기간이 보통 여섯 달이라던데 왜 그곳에서 도망쳐야 했을까.

마음속이 시끄러운 사람은 아린만이 아니었다. 거실에서는 반년 만에 찾아온 삼촌이 아빠 앞에서 또다시 고개를 숙이고 있다. 아린은 책상에서 일어나 방문에 귀를 댔다.

“그래서 이번에는 또 얼마를 달라는 거야?”

“내가 염치없이 어떻게 말하냐. 그냥 네 형편대로…….”

“염치를 아는 사람이 잊을 만하면 얼굴을 디밀어? 변호사면 땅에서 돈이 솟아나는 줄 알아? 아버지처럼 그 난리를 피우더니 결과가 고작 이거야?”

“미안한데 이번이 정말 마지막이야. 한 번만 더 도와줘.”

아린의 할아버지와 삼촌은 소위 화가라고 불리는 사람들이었다. 할아버지는 신인 시절에는 꽤 촉망받는 화가였지만 거장의 반열에 오르기에는 재능도 노력도 운도 부족했다. 생활비를 벌기 위해 결국 미술 학원을 차렸지만 그마저도 잘되지 않았다.

가족의 생계를 책임진 사람은 아린의 친할머니였다. 작은 슈퍼와 보험 일을 하며 고되게 번 돈은 자신도 화가가 되겠다고 선언한 큰아들의 뒷바라지에 거의 들어갔지만, 그림에 인생을 바친 두 남자는 결국 그림과 동떨어진 삶을 살고 있다. 치매로 요양병원에 있는 할아버지는 자신이 화가였던 시절을 기억하지도 못하고, 삼촌은 잊을 만하면 찾아와 한 번도 갚은 적이 없는 돈을 빌려 간다.

"어머니 돌아가신 건 형이랑 아버지 때문이야. 형까지 그림 그린다고 설치지만 않았어도 그렇게 빨리 안 돌아가셨어."

"그래, 네 말이 백번 맞아. 한 번만 더 도와주면 다시는 안 찾아올게."

할머니는 아빠가 고시 공부를 하던 시절에 갑자기 세상을 떠났다. 아빠는 할머니가 고생만 하지 않았어도 지금까지 건강했을 거라고 말한다. 그 말만큼은 아린도 부정할 수 없다.

"내가 그때 형한테 뭐랬어? 빨리 포기하고 취직하라고 했지? 이렇게 궁상맞게 살면서도 붓 잡은 거 후회 안 해?"

아빠의 싫은 소리에도 꼬박꼬박 대답하던 삼촌은 이번에는 입을 다물었다. 방문 너머에서 흐르는 불편한 침묵에 아린도 덩달아 꼼짝하지 못했다. 삼촌이 아니라고 해주기를 바랐다. 화가로 성공하지는 못했지만 좋아하는 일에 열정을 바쳤으니 후회는 없다고 말해주기를 바랐다. 삼촌이 그렇게 말해준다면 아린도 용기를 낼 수 있을지 모른다. 사실은 나도 할아버지와 삼촌처럼 그림을 그리고 싶다고, 미대에 가서 그림을 제대로 배우고 싶다고 말할 수 있을지도 모른다.

"당연히 후회하지. 네 말을 들었어야 했어."

기대로 부풀었던 가슴이 순식간에 오그라들었다. 아빠가 짓고 있을 의기양양한 표정이 생생히 그려졌다. 헛된 희망을 품은 자신이 원망스러웠다.

모든 희망은 결국 사람을 무너뜨린다.

3

"나 왔어."

아영이 자동차 조수석에 앉았다. 지우는 이제 이 차가 익숙한 듯 민아도 탈 수 있도록 엉덩이를 밀며 뒷자리 안쪽으로 들어갔다. 2학기 중간고사가 끝난 역사적인 날이다. 오늘만큼은 학원을 결석하고 놀아도 된다고 허락을 받았다.

"너희들 아직 중학생이니까 이런 일도 가능한 거야. 고등학생 되면 어림도 없어."

아영은 엄마 말에 지겹다는 듯이 한숨을 쉬었다.

"아영이랑 지우는 시험 잘 봤어? 수학 수준은 어땠니? 학원 옮긴 게 도움이 돼?"

"학원에서 중간고사 대비로 풀었던 문제랑 수준이 비슷했어요."

"그렇게 말하는 걸 보니까 지우는 잘 봤나 보네. 아영이 너는?"

"그럭저럭 봤어. 아, 시험도 끝났는데 그만 좀 물어봐."

백미러로 아영 엄마와 민아의 눈이 마주쳤다. 똑같은 질문을 받으면 어떻게 대답할지 고민이었는데 아영 엄마의 시선은 금세 앞으로 향했다. 얼떨결에 투명 인간 취급을 받자 얼굴이 화끈거렸다. 나는 그 학원에 안 다녀서 묻지 않나. 아니면 한부모 가정 아이는 시험도 당연히 못 봤을 거라고 생각하나. 민아는 푹신한 가죽 시트에 등을 기댔지만 백미러로 본 싸늘한 눈빛이 떠올라 허리를 다시 똑바로 세웠다.

아이들을 태운 자동차는 시내에 있는 백화점으로 향했다. 백화점에 있는 극장에서 영화를 보고, 저녁을 먹고, 코인노래방에 가는 것이 아이들이 정한 코스였다. 아영의 엄마는 저녁까지 사주고 헤어지기로 했다. 영화를 보고 나오자 아영 엄마의 손에 쇼핑백들이 걸려 있었다.

지우가 말했다.

“와, 이모. 그게 다 뭐예요?”

“이제 금세 쌀쌀해질 거 같아서. 아영이 교복 위에 걸칠 후드 점퍼랑 새 운동화랑 화장품. 여드름이 영 안 없어져서 그쪽으로 특화된 제품으로.”

“아영이 좋겠다!”

“아, 엄마. 여드름 얘기 하지 말라고.”

아영은 마라탕을 먹겠다고 고집부렸지만 아영의 엄마는 질색하며 백화점 식당가의 이탈리안 레스토랑으로 아이들을 데려갔다. 민아는 마라탕만 피할 수 있다면 뭐든지 좋았지만 그곳의 메뉴판 가격은 마라탕의 고수 맛만큼이나 충격적이었다.

“아줌마가 사줄 테니까 마음대로 골라. 일단 피자랑 샐러드는 기본으로 주문하고, 각자 파스타 하나씩 시키자.”

“난 해산물 토마토.”

“지우는?”

“까르보나라요!”

아영 엄마가 민아를 쳐다봤다. 그 시선에 흐르는 냉기와 일부러 내쉰 한숨을 민아는 똑똑히 느꼈다.

“저도 지우랑 같은 걸로…….”

“그럼 계산하고 나갈게. 괜히 쏘다니지 말고 일찍 들어와. 백화점 앞에서 택시 타고.”

"아, 무슨! 오늘은 맘대로 놀아도 된다며! 우리 스벅 갔다 코인노래방 갈 거야."

"중학생이 웬 스벅? 너희 거기서 뭐 마시게?"

지우가 재빨리 외쳤다.

"그럼 저희 공차 가서 버블티 마실게요! 엄마가 카드 줬어요."

"그랬어? 그럼 버블티는 수경이한테 얻어 마실까?"

수경이는 지우 엄마의 이름이다. 지우 엄마가 회사를 다녀서 자주 만나지는 못하지만, 아영 엄마와 친한 사이라는 것은 민아도 알고 있다. 아영이 엄마의 재킷을 잡아당겼다.

"나도 카드. 올영 갈지도 몰라."

"기초 제품은 사지 마. 아까 여드름 제품 샀으니까."

"아, 진짜! 여드름 얘기 하지 말라고!"

한 대 쥐어박혀도 시원찮은 상황에 아영은 엄마의 카드까지 받아 챙겼다. 지우가 아영 엄마에게 쾌활하게 인사했다.

"이모, 안녕히 가세요! 잘 먹겠습니다!"

민아도 덩달아 고개를 숙였지만 아영 엄마는 지우의 머리만 쓰다듬고 사라졌다. 때마침 주문한 루꼴라 피자와 파스타들이 나왔다. 싱싱한 초록색 이파리를 부지런히 걷어내는 지우를 보고 아영이 인상을 썼다.

"그럴 거면 뭐 하러 루꼴라 피자 시켰냐?"

"내가 먹을 쪽만 치울게. 근데 이탈리아 사람들 진짜 어이 없지 않냐? 피자 위에 풀때기가 웬 말?"

아영과 지우가 키득거렸다. 민아도 함께 웃고 싶었지만 입꼬리가 도저히 올라가지 않았다. 까르보나라의 꾸덕꾸덕한 소스 때문인지 아영의 엄마 때문인지 자꾸만 목이 막혀 콜라만 들이켰다.

그냥 들이받아버릴까. 그러면 분위기가 어색해질 텐데. 아영과 크게 싸울지도 모르는데. 네 오해라고 하면 할 말도 없는데. 하지만 다른 엄마한테 이런 취급을 받았다는 걸 알면 우리 엄마 심정은 어떨까.

"야, 최아영. 너희 엄마 오늘 나 오는 거 모르셨어?"

"아닌데. 너도 같이 놀 거라고 말했는데, 왜?"

"내가 있는 거 별로 안 좋아하시는 거 같아서. 넌 못 느꼈냐? 완전 대놓고 티 내시던데."

"야, 신민아. 우리 엄마가 여기까지 태워주고 저녁도 사줬는데 무슨 말을 그렇게 하냐? 엄마가 너한테 뭘 어쨌는데? 너 무슨 피해 의식 있냐?"

"난 사실만 말한 건데? 너희 차에 탈 때부터 지금까지 투명 인간 취급당했거든? 네가 못 느꼈다면 할 말 없다. 네가 눈치 더럽게 없는 거니까."

"그렇게 기분 나빴으면 우리 엄마 있을 때 말하지 그랬어. 아까는 찍소리도 못 하다가 이제 와서 밥맛 떨어지게 난리야."

지우가 징징거리기 시작했다.

"오랜만에 놀러 와서 너희들 왜 그러는데. 민아야, 네가 진짜 오해한 거야. 우리 엄마랑 이모랑 친해서 나한테만 말 거셨나 봐. 기분 나빴으면 풀어, 응?"

포크를 잡은 손이 떨렸다. 정말 오해일까. 내 피해 의식일까. 하지만 너희도 알잖아, 내 말이 진짜라는 거. 너희도 감히 인정하지 못하는 거잖아. 살다 보면 맞아도 아닌 척해야 할 때가 있는 거잖아. 지금이 바로 그런 때잖아.

가격이 무색할 만큼 빠르게 불어버린 파스타를 내려다보는데 눈가가 뜨거워졌다. 이대로 넘어가야 하나 싶었을 때 아영이 말했다.

"그래, 솔직히 말할게. 우리 엄마는 내가 너랑 노는 거 안 좋아해. 공부도 잘하고 가정 환경도 좋은 애들이랑 어울리라고 계속 잔소리해. 근데 난 네 편 들었어. 어떻게 그런 이유로 갑자기 쌩까냐고. 오늘도 지우만 데려가자는 거 내가 그러면 안 된다고 했어. 그게 바로 왕따시키는 거라고. 오늘 아침에도 너 때문에 엄마랑 싸웠단 말이야."

"그래서 지금 고마워하라고?"

"네가 먼저 말 꺼냈고, 난 솔직하게 대답한 거지."

"그냥 차라리 나 왕따시켜. 너희한테 왕따당해도 하나도 안 무섭거든? 내 입장에서는 너도 너희 엄마랑 똑같아. 너 번번이 나한테 그랬지? 너도 학원 다녀야 하지 않냐고. 비싼 학원 마음대로 다닐 형편 안 되는 거 뻔히 알면서 왜 자꾸 그런 말 나불대는데? 너는 듣는 사람 기분은 생각도 안 하냐?"

"민아야, 싸우지 마. 아영이는 그런 뜻이 아니라……."

"누가 너한테 물어봤어? 넌 제발 그만 좀 징징거릴래? 둘이 비싼 학원 열심히 다녀. 뭐? 공부도 잘하고 가정 환경도 좋은 애랑 놀라고? 그렇게 잘난 애가 너희를 상대해주겠냐? 너희들 그렇게 비싼 학원 다녀봤자 성적 좋지도 않잖아. 나랑 친한 언니는 아빠도 변호사고 강남에 사는데 얼마나 착한지 알아? 그런 걸로 한 번도 잘난 척한 적 없어!"

민아는 황급히 입을 다물었다. 멤버들의 이야기를 해서는 안 된다.

"우리 엄마 말이 맞네. 겉은 멀쩡해 보여도 속은 꼬여 있을 거라더니."

아영의 말을 듣는 순간 머릿속에서 무언가가 끊어졌다. 온몸이 뜨거워지더니 손이 제멋대로 떨렸다.

"꼬인 사람은 너희 엄마 아냐? 그래, 나 한부모 가정 애야. 그게 너랑 무슨 상관인데? 내가 너한테 돈이라도 빌려달랬냐? 우리 엄마가 싱글맘이라서 너한테 피해 준 거 있어?"

주변 손님들의 시선이 쏠렸다. 민아는 파스타 값을 탁자에 소리 나게 올려놓았다.

"너희 엄마 같은 사람한테 얻어먹기 싫으니까 갖다 드려. 내가 눈치 없이 따라와서 스트레스받으셨을 텐데 잘 위로해 드리고. 그리고 너, 친구들 앞에서 엄마한테 그렇게 버릇없이 굴지 마. 너희 엄마는 나이도 많은데 얼마나 속상하시겠어. 기회가 되면 너한테 보여주고 싶다. 나랑 우리 엄마가 얼마나 친한지."

책가방을 메고 입구로 걸었다. 등 뒤에 따라붙는 손님들의 시선이 사라질 무렵, 참았던 눈물이 터졌다. 아영은 나를 외면할 수 없다고 엄마에게 말했다고 했다. 나를 위해 싸워줬다고 했다. 아영의 엄마가 무슨 생각을 하든 내 친구는 아영인데. 내 편에 선 마음을 고마워하지 못하고 싸움을 벌인 건 결국 내 속이 꼬여 있기 때문일까. 고개를 떨군 채 서럽게 우는 민아를 이번에는 백화점 손님들이 흘끔거렸다. 민아는 어디로 가는지도 모르고 걸었다. 비참한 모습을 도저히 숨길 수 없는 백화점의 눈부신 조명을 원망하며.

4

긴급 공지!
시간의 집을 반짝반짝하게 돌봐준 너희를 위해
깜짝 선물을 준비했다.
10월 20일 토요일 7시에 시간의 집에 모이도록!
준비물: 망원경, 귀마개(필요한 사람만)
주의사항: 7시부터 9시까지는 멤버들이 모두 모여도

바깥세상의 시간이 멈추지 않음.

10월 18일

시간의 집사

우체통에서 뜬금없는 편지를 발견한 무견은 다른 멤버들에게도 내용을 공유했다. 토요일 저녁 6시, 이번에는 매콤한 닭갈비가 식탁에 올랐지만 분위기는 좀처럼 밝아지지 않았다.

무견이 물었다.

"망원경이나 귀마개 가져온 사람 있어?"

"그게 왜 필요한지 모르겠네. 깜짝 선물은 뭐야? 포레스트 캣 케이크?"

아린이 말했다.

"그건 냉장고에 있던데. 기다려보자. 7시가 되면 알겠지."

"그럼 돈이나 왕창 줬으면 좋겠다. 다른 애들한테 무시 안 당하게."

민아의 푸념에 아린과 무견은 눈빛을 교환했다. 무견이 물을 들이켜며 말했다.

"야, 중딩. 엄청 매운데 맛있다."

아린도 티셔츠 소매를 걷어 올렸다.

"응, 진짜 맵다. 그래도 난 간장 맛보다 이게 좋아. 스트레스도 풀리는 것 같고."

소매 아래로 아린의 얇은 팔이 드러났다. 무견은 불그스름한 흉터를 흘끔거리다 물었다.

"저기…… 그 흉터 말이야. 혹시 자해했어?"

무견의 걱정과 달리 아린은 피식 웃었다.

"자해라니. 나는 그렇게 할 용기도 없어."

"진짜? 솔직히 나도 이 오빠랑 비슷한 생각 했는데. 그럼 무슨 흉터야?"

"이거 엄청 황당하게 다친 거야. 작년 체육 시간에 뜀틀을 했는데 하필이면 그날 점수가 내신 등급에 반영된다잖아. 바닥 친 성적 때문에 죽을 맛인데 이거라도 잘해야겠다 싶어서 진짜 목숨 걸고 뜀틀로 달렸어. 간신히 넘긴 했는데 매트도 깔려 있지 않은 흙바닥으로 잘못 떨어지면서 팔이 꺾였지. 그렇게 아팠던 적은 처음이었어."

그날도 아린을 도운 사람은 선재였다. 고통에 몸부림치는 아린을 보고 선재가 보건 선생님을 데려왔고, 선생님이 그 자리에서 구급차를 불렀다. 하지만 아린의 기억 속에 선재의 활약상은 남아 있지 않다.

"으아, 언니. 진짜 끔찍하다. 그래서 어떻게 됐어?"

"바로 수술하고 입원했지, 뭐. 근데 우리 엄마는 어떻게 했는지 알아? 기말고사가 얼마 안 남았다고 집에 있는 문제집을 여행용 트렁크에 모조리 싸 왔어. 과외 선생님까지 병원으로 수업하러 오고. 팔도 아파 죽겠는데 공부가 될 리 없잖아. 왜 이렇게 되는 일이 없나 짜증이 나서 연습장에 그림을 그리기 시작했어. 처음에는 낙서 수준이었는데 이것저것 그리다 보니 너무 재밌는 거야. 문제집 풀 때는 그렇게 아팠던 팔이 그림 그릴 때는 하나도 안 아프더라. 계속 그림을 그리다 보니 옛날 생각이 났어. 아, 맞다. 나 원래 그림 잘 그렸었지 하는. 병원에 있는 동안 의사 선생님이랑 간호사 선생님 얼굴도 그려 드렸는데 엄청 좋아하셨어. 행복이 어떤 감정인지 그때 알았지. 내가 좋아하는 일을 하니까 그렇게 행복할 수가 없더라. 내 인생이 반짝인다고 느낀 순간은 그때가 처음이었어."

"그럼 공황 발작이 처음 왔던 건 그 수술 다음이었고?"

"응. 퇴원하고 나서도 유튜브로 회화 강의 찾아보면서 몰래 그림만 그렸어. 미술 학원도 다니고 싶고, 미대에 가서 그림을 제대로 배우고 싶었는데 아빠한테 도저히 말을 못 하겠더라. 할아버지랑 삼촌이 화가였는데 일이 잘 안 풀렸거든. 그리고 요즘엔 미대에 가려고 해도 성적이 더 중요한데 잘하는 애들밖에 없는 외고에서는 버티기가 너무 힘들었어."

아린은 민아의 침울한 얼굴에 시선을 돌렸다.

"너는 아까 왜 그런 말을 했어? 집사 아저씨가 돈이나 왕창 갖다주면 좋겠다며."

"베프였던 애들이랑 싸웠어. 한 명이 자꾸 날 무시해서 들이받았지. 걔 엄마가 나랑 어울리지 말라 그랬대. 근데……

다짜고짜 화를 낸 건 나도 잘못한 거 같아."

아영과 싸운 지 일주일이 지났다. 잠시만 딴청을 피워도 안 읽은 메시지가 수십 개씩 쌓이던 단톡방에는 어색한 침묵만이 흐른다. 절친이라고 믿었던 아이들은 하루아침에 남보다 불편해졌다.

"멋지다, 신민아. 내가 너한테 배워야겠네."

"아빠 들이받는 법?"

"응."

"나 안 멋져. 싸우고 결국 울었어. 걔들한테 혹시 카톡이 왔나 단톡방만 들락거리고."

아린이 민아의 등을 쓸어내렸다. 민아가 그 다정한 몸짓에 위안을 받기도 전에 무견이 중얼거렸다.

"아빠한테 말해야 돼."

"뭘?"

아린의 시선에 무견의 눈동자가 흔들렸다. 아린의 그림을 처음 봤던 날 이후로 무견은 종종 서재에 가 연습장을 넘겼다.

"사실 누나 그림 봤어. 일부러 본 건 아니고 편지지를 찾으러 서재에 갔는데 책상에 연습장이 있더라고. 난 그림도 못 그리고 뭐가 좋은 그림인지도 모르지만 누나 그림을 본 순간 밖으로 뛰쳐나갈 뻔했어. 선택의 날까지 여기에서 꼼짝도 안 하겠다는 결심이 단번에 흔들렸다고. 그러니까 아빠한테 당당하게 말해. 누나는 진짜 대단한 일을 한 거야."

"너…… 밖에 나갔다는 소리야?"

"아니야! 그냥 그러고 싶은 생각이 들었다고."

민아가 끼어들었다.

"나도 언니 그림 보고 싶은데! 나도 보여주면 안 돼?"

무견은 확신했다. 민아가 아린의 그림을 본다면 자신 못지 않게 놀라리라는 것을.

"중딩한테 보여줘도 돼?"

아린은 긴장한 얼굴이었지만 고개를 끄덕였다. 무견은 서재로 가서 아린의 연습장을 가져왔다. 종이를 한 장씩 넘길 때마다 민아는 온갖 감탄사를 연발했다.

"와, 진짜 화가가 그린 그림 같아! 유튜브 강의만 듣고 이런 그림을 그렸다고?"

"그것뿐인 줄 아냐? 이게 다 뽀로로 색연필로 그린 거야."

"웬 뽀로로?"

아린의 얼굴이 붉게 물들었다.

"그게…… 집에만 있으니까 괜찮은 재료를 살 수가 없어서."

멤버들의 순수한 찬사에 기쁨과 희열, 당혹과 슬픔이 뒤엉킨 감정들이 아린의 가슴을 휩쓸었다. 그때였다. 밖에서 터진 요란한 폭발음에 아린과 민아는 자기도 모르게 비명을 질렀다. 무견이 거실로 달려가 창밖을 내다봤다.

"우아! 빨리 와봐! 빨리!"

무견이 팔을 휘두르며 멤버들을 재촉했다. 전쟁이라도 났나 싶은 마음에 아린과 민아는 꼭 붙어 선 채 긴장한 발걸음을 옮겼다. 무견이 창가를 뛰어다니며 커튼을 양옆으로 젖힌 순간, 하늘에서 화려한 마법이 펼쳐졌다. 연달아 터지는 폭발음과 함께 황금빛 불꽃들이 밤하늘을 빽빽이 수놓았다. 아린이 괘종시계를 봤다.

"7시야."

민아가 박수를 쳤다.

"이게 선물이었어? 불꽃놀이 때문에 망원경이랑 귀마개를 가져오라고 했던 거고? 와, 진짜 예쁘다!"

정신이 아득해질 만큼 화려한 불꽃들이 뒤를 이었다. 커다란 원을 이루었다 흩어지는 빨간빛과 초록빛 불꽃. 로켓처럼 높이 올라갔다가 나선형을 그리며 폭발하는 은빛 불꽃. 꽃 모양과 나비 모양 불꽃에 이어 스마일 모양 불꽃이 터졌을 때는 다 함께 웃음을 터뜨리고 말았다. 아린이 민아와 무견을 떠밀었다.

"너희는 나가서 봐. 그래야 더 잘 보이지."

무견이 아린의 손을 뿌리쳤다.

"뭔 소리야, 같이 보는 게 중요하지!"

"맞아, 여기에서도 잘 보여! 아, 이 세상에 불꽃놀이처럼 공평하고 평등한 게 있을까?"

"갑자기 철학자라도 됐냐?"

"여기처럼 1층에서도 잘 보이고 옥상에서도 잘 보이잖아! 이 세상은 진짜 불공평한데 불꽃놀이는 안 그래. 하늘은 누구나 볼 수 있잖아."

"그래, 중딩. 이번은 네 말이 맞는 것 같다. 인정!"

아린은 멤버들의 눈동자에 어른거리는 불꽃의 잔상과 입가에 걸린 순수한 미소를 바라봤다. 하늘에 쏘아 올려진 작은 폭죽이 장엄한 광경을 만들어내듯 우리도 언젠가는 빛을 내뿜을까. 어떤 모습으로 날아올라도 결국 소멸하는 불꽃처럼 우리를 괴롭히는 걱정들도 언젠가는 사라질까. 하늘에 펼쳐진 기적 같은 광경을 바라보며 아린은 결심했다. 이 집에서의 기억이 사라지기 전에 반드시 우리의 모습을 그리겠다고.

5

10월의 마지막 날, 무견은 잔반이 든 봉지를 흔들며 전봇대 근처를 서성였지만 반가운 파란색 목걸이는 나타나지 않았다. 미리 가져온 일회용 그릇에 잔반을 부은 뒤, 호수 공원으로 발걸음을 돌렸다. 오늘도 엄마의 핸드폰은 꺼져 있었다. 집에 가볼까. 여기에서 삼십 분 정도만 걸으면 될 텐데. 형이라도 만나고 싶었지만 집 근처에 경찰이 숨어 있을까 두려웠다. 무견은 어쩔 수 없이 다시 형에게 전화를 걸었다.

“여보세요.”

“형, 나야 무견이. 밥 먹었어?”

“먹었다.”

“반찬은 있어? 뭐 해서 밥 먹었어?”

“아이스크림.”

“아이스크림 먹었다고? 밥 안 먹고?”

“아이스크림 먹었다.”

무견의 한숨이 수화기 위로 흩어졌다. 즉석 밥을 전자레인지에 돌리는 법을 여러 번 가르쳐줬는데 그새 잊어버렸나. 아니면 이제 즉석 밥마저 떨어진 걸까.

“엄마는 아직도 병원에 있어? 도대체 어떻게 된 거야, 팔 수술이 잘못됐어?”

“만나야 된다. 무견이 무영이 만나야 된다.”

머릿속이 바쁘게 움직였다. 형의 말이 맞다. 형을 만나 차분히 이야기해보면 엄마가 어떻게 된 건지 들을 수 있을지도 모른다.

“형, 우리 집 근처에 작은 교회 있잖아. 우리 어렸을 때 같이 다녔잖아. 기억나?”

무견의 마음이 다급해졌다.

“거기에서 내가 자전거 타다 넘어졌잖아. 무릎을 많이 다쳐서 형이 울었잖아. 기억나?”

“안다.”

"거기에서 내일 저녁 7시에 만나자. 어디에서 만난다고? 형이 말해봐."

"자전거, 교회, 내일, 7시. 만난다."

"내일 만나, 형. 꼭 만나."

"안녕!"

오랜만에 동생을 보게 되어 좋았는지 형은 한 톤 높아진 목소리로 대답하고 전화를 끊었다. 무견은 전화 부스에서 나와 벤치에 앉았다. 야구 모자를 더 깊숙이 눌러쓰고 마스크도 콧등 위로 끌어올렸다. 어느덧 서늘한 바람이 부는 호수와 선캡을 쓰고 걷는 아주머니들과 10여 년 전의 아빠가 보였다. 아빠가 이곳에 우리를 가끔 데려왔던 것을 형은 기억할까.

크리스마스이브부터 두 달간 이어진 음주 운전 단속이 끝나던 날이었다. 경찰이었던 아빠는 그날 당번이 아니었지만 형제처럼 친했던 택환 아저씨의 부탁으로 대신 도로에 섰다. 새벽 2시, 고급 승용차 한 대가 음주 측정을 거부하고 가속 페달을 밟았다. 아빠는 경찰차를 타고 혼자 승용차를 쫓았다. 승용차는 엄청난 속도로 질주했고, 아빠는 승용차를 멈춰 세우기 위해 중앙선을 넘었다. 그리고 바로 그 순간, 화물 트럭이 경찰차가 넘어온 차선으로 차선 변경을 시도했고 두 차는 정면 충돌했다. 형 무영이 초등학교 1학년, 무견은 일곱 살 때의 일이었다.

전국 뉴스에도 소식이 보도되자 대전 경찰서는 성대한 영결식을 준비했다. 방송국 카메라가 상복을 입고 울부짖는 젊은 엄마와 아빠의 죽음을 실감하지 못하는 형제를 클로즈업했다. 얌전히 있지 못하는 형 대신 무견이 아빠의 영정을 들었고, 주변 어른들은 한결같은 말로 무견을 위로했다.

아빠를 자랑스러워해라.

당번을 바꿔 달라고 했던 택환 아저씨는 다른 어른들과 달랐다. 영결식이 끝난 뒤에도 집에 찾아와 어린 형제에게 용돈을 쥐여주고 죄송합니다, 제 탓입니다 같은 말을 되풀이하며 엄마 앞에서 고개를 숙였다. 엄마가 택환 아저씨를 용서했든 아니든 시간은 착실히 흘러갔고, 택환 아저씨가 찾아오는 횟수는 줄어들었다. 아빠의 빈자리가 커질수록 무견의 마음속에서는 그리움보다는 분노가 싹트기 시작했다.

바보, 병신.

술에 떡이 된 운전자를 잡겠다고 제 목숨을 건 등신.

나라에서 나오는 연금만으로는 생활이 어려웠다. 게다가 형은 점점 산만해지고 학교 수업을 따라가지 못했다. 형을 진료한 의사는 형이 지적 장애를 앓고 있다며 다양한 치료를 빨리 받을수록 좋다고 했지만 그럴 형편은 되지 않았다. 끊임없이 혼잣말을 하고, 발을 구르고, 손을 흔드는 모습이 보기 싫어 형에게 소리를 지르고 때린 적도 있었다. 형을 미워하고 지긋지긋해하면서도 결국 형을 사랑하고 있는 자신을 허탈하게 마주했다.

시설에 가게 된 것도 처음에는 형 때문이라고 생각했다. 형의 행동과 말투를 흉내 내는 아이들을 본 순간 이성의 끈이 끊어졌다. 정신을 차렸을 때는 대전 경찰서에서 택환 아저씨와 얼굴을 마주하고 있었다. 형사가 된 택환 아저씨에게 무견은 교실에서 있었던 일을 이야기했다. 사정을 말하면 금세 풀려날 줄 알았지만 세상은 무견의 뜻대로 돌아가지 않았다. 폭행을 당한 아이들의 부모는 합의를 끝까지 거부했고, 어떤 사정이 있든 사람을 폭행한 죄가 사라지는 것은 아니었다.

무견은 결국 재판을 받고 대전에 있는 소년보호시설로 이송됐다.

시설에서의 첫날 밤, 무견은 이층 침대에 누워 얼굴과 30센티미터도 떨어지지 않은 천장을 바라봤다. 인생이 어디에서부터 꼬였는지도 알 수 없었고, 안다 한들 그 순간으로는 돌아갈 수 없었다. 그리고 어떤 일이 생길지 모르는 미래는 엉망진창인 과거보다 훨씬 두려웠다. 자신이 이렇게 된 건 결국 택환 아저씨 때문이라고 믿었다. 아빠가 살아 있었다면 형은 조금이라도 나아졌을 테고, 그랬다면 이런 곳에 갇히는 일도 없었을 테니까.

무견은 벤치에서 몸을 일으켰다.

왜 자꾸 찜찜한 기분이 들까.

뭔가 이상하다고 무견의 예감이 외치고 있었지만 무견은 마음의 소리를 무시했다.

IV. 파괴의 11월

1

점심을 먹으러 집에 들른 아빠의 젓가락이 식탁을 누볐다. 엄마는 아빠가 좋아하는 반찬들을 아빠 쪽으로 밀어주었다. 가족과의 식사는 늘 고역이지만 오늘은 아빠의 기분이 좋다. 오전에 있었던 재판에서 승소했기 때문이다.

"다음 사건은 뭐야?"

"이혼 소송이 몇 건 잡혔어. 사무장이 그러는데 한부모 양육비 지급 소송도 한 건 있을 모양이야."

한부모라는 말에 민아가 떠올랐다. 아린은 망설이다 입을 열었다.

"그게…… 무슨 소송인데요?"

"아이를 혼자 키우는 쪽에서 상대에게 양육비를 청구하는 거지. 법적으로 부모는 자녀를 함께 키울 의무가 있거든. 안산에 사는 싱글맘이라던데 고2 때 딸을 낳아서 지금까지 혼자 키웠다네. 남자애랑 사고 치고 애 낳는 용기로 공부를 했으면 지금쯤 떵떵거리며 살았을 텐데. 어쨌든 8일에 사무실로 오기로 했어."

안산에 사는 싱글맘. 고등학교 2학년 때 낳은 딸.

우연이겠지.

"그 딸은 지금 몇 살인데요?"

아빠가 아린을 물끄러미 쳐다봤다.

"저는 그냥…… 안산에서 아빠 사무실까지 온다니까 신기해서."

"그 싱글맘이 알고 지내는 사회복지사가 있는데, 워낙 돈에 쪼들리니까 소송 한번 해보라고 부추긴 모양이야. 그 복지사도 예전에 내 의뢰인이었거든. 아, 애는 열여섯 살이랬으니까 중3이겠네."

"그 싱글맘이 소송 걸면…… 돈 받을 수 있어요?"

아빠 얼굴에 반가운 빛이 떠올랐다. 아린이 드디어 변호사 일에 관심이 생겼다고 생각한 모양이다.

"부모 소득과 자녀 나이에 따라서 금액이 달라지긴 해도 받을 수 있지. 그 싱글맘 말로는 아빠 쪽 집안이 좀 산다고 하더라. 아이를 낳았다는 것도 확실히 인지하고 있고."

"소송 절차는 간단해요?"

"일단 친자 관계를 확인하고 여자애 유전자 검사도 해야지. 증명되기만 하면 돈 받을 수 있어. 요즘에는 양육비 소송을 너그럽게 인정하는 분위기거든."

"그럼 그 여자애랑 친아빠가 만나야 돼요?"

"절차상으로는 그렇지 않지만 이런 일이 터지면 아빠 쪽이 뒤늦게 애를 보고 싶어 하기도 해. 갑자기 공동양육권을 신청하는 경우도 있고. 봐, 인마. 복잡하긴 해도 법이 얼마나 재밌어."

"제가 남자 입장이라면…… 좀 억울할 거 같아요. 자기는 애를 낳기 싫어서 도망쳤는데 갑자기 소송을 걸고 양육비를 달라고 하면……. 그리고 그 여자애는 이런 소송에 대해서 어떻게 생각할까요. 평생 안 보고 살았는데 갑자기 아빠 쪽이랑 얽히면 싫을 수도 있을 텐데."

"네가 어떻게 알아?"

"네?"

"애를 낳기 싫어서 도망쳤는지 어떻게 아느냐고."

아빠는 아린의 당황한 얼굴을 보고 웃음을 터뜨렸다. 아린은 얼른 다시 물었다.

"그 싱글맘은 아빠한테 돈 많이 내야 돼요?"

"착수금으로 삼백 정도? 솔직히 변호사 선임은 어디까지나 선택 사항인데 보통 사람들은 소송이라는 말만 들어도 골이 확 지끈거리거든."

엄마가 혀를 찼다.

"고2 때 애를 낳다니 딱 아린이 나이잖아. 행실이 어땠으면 그 나이에 애를 가져. 그런 엄마가 낳은 애는 또 어떻겠어?"

입에 든 밥이 넘어가지 않았다. 민아 엄마의 선택이 그렇게 잘못된 것이었을까. 얼굴도 모르는 사람들에게 이런 비난을 받을 만큼 어리석은 짓이었을까. 물론 민아 엄마는 출산과 함께 많은 것을 포기해야 했을 것이다. 돈에 쪼들리지 않았다면 양육비 소송도 생각하지 않았을 것이다.

민아가 어떤 문을 선택할지, 소망 노트에 무슨 말을 적을지 아린은 모른다. 집사 아저씨는 최종 선택은 본인만 알고 있어야 한다고 했다. 하지만 민아가 적을 소망은 분명히 자신의 엄마와도 관련이 있을 것이다. 삼백만 원은 큰돈인데. 다음 달이면 선택한 문을 지나 다른 세상으로 갈 텐데 굳이 이런 소송이 필요할까. 아빠는 이달 8일에 민아 엄마를 사무실에서 만난다고 했다. 민아에게 이 일을 말해주어야 할까. 아린의 아빠가 소송을 맡는다는 사실을 알면 창피해할지도 모르는데. 그리고 안산에 사는 중학생 딸을 둔 싱글맘이 민아 엄마만 있으리라는 법도 없다.

"잘 먹었습니다."

아린은 복잡한 마음으로 자리에서 일어났다. 민아 엄마는 지금 민아를 원망할까. 너를 낳지 않았으면 훨씬 행복했을 거라고 후회할까. 민아 엄마의 생각은 알 수 없지만, 자신을 위해 케이크를 챙겨 오는 딸을 보면 후회나 원망 같은 감정은 도저히 생기지 않을 것 같다. 오히려 그런 감정을 품고 있는 사람은 민아의 엄마가 아니라 자신의 부모가 아닐까.

2

"야, 중딩. 넌 왜 저녁에만 장을 보냐?"

무견은 민아의 손에서 장바구니를 받아들었다.

"뭘 모르시네. 마감 세일 때 가야 싸게 산다고. 그리고 난 오빠랑 달리 학생이야. 낮에는 학교 가야지!"

"네 돈으로 장 보는 것도 아니잖아!"

"오빠가 얼마나 많이 먹는지 몰라서 그래? 집사 아저씨가 모자라게 주지는 않지만 그래도 빠듯하거든?"

서재 문이 열렸다. 아린은 옥신각신 중이던 멤버들을 향해 싱긋 웃었다.

"민아 왔어? 도와주지도 못하고 미안. 혼자 들고 오느라 힘들었겠다. 마트는 여기랑 가까워?"

"언니, 이리 와봐! 선물 있어."

민아가 아린의 손목을 잡고 소파 쪽으로 이끌었다.

"눈 감아!"

"싫어, 뭔데 그래?"

"안 감으면 안 준다! 빨리!"

아린이 눈을 감자 민아는 쇼핑백에서 무언가를 꺼내 아린의 무릎에 올려놓았다.

"됐어. 눈 떠!"

반질반질한 검은색 철제 상자. 뚜껑을 열자 다양한 빛깔을 뽐내는 색연필들이 보였다. 생각지도 못한 선물에 가슴이 뻐근해졌다. 오늘 민아를 만나면 우리 아빠가 네 양육비 소송을 맡을지도 모른다고 말할 생각이었는데. 이런 선물 앞에서 어떻게 그런 말을 꺼낸단 말인가.

"지금까지 괜히 마감 세일만 노렸는 줄 알아? 비싼 색연필은 아니지만 뽀로로 색연필보다는 나을 것 같아서. 48색이나 들었어!"

"내가 많이 먹어서 빠듯하다고 잔소리더니. 야, 중딩. 내 선물은 없냐?"

민아는 예상했던 소리라는 듯 씩 웃었다. 산타클로스의 선물 주머니처럼 이번에는 쇼핑백에서 카키색 점퍼가 나왔다.

"벌써 11월인데 아직도 반팔 티셔츠만 입고 있는 게 불쌍해서. 화분에 물 줄 때라도 걸치고 나가."

"이거…… 비싼 거 아냐?"

"응, 아니야. 내가 비싼 걸 샀겠어?"

무견은 입고 있던 티셔츠 위에 점퍼를 걸쳤다. 고마운 마음과 달리 퉁명스러운 목소리가 튀어나왔다.

"내 사이즈는 어떻게 알았냐?"

"뭘 어떻게 알아, 제일 큰 걸로 샀지."

아린이 민아의 손을 잡았다.

"네 선물은?"

"언니랑 오빠는 그런 생각 안 들어? 난 빨리 선택의 날이 돼서 다른 세상으로 가고 싶다가도 그날이 영원히 안 오면 좋겠다 싶기도 해. 이 집도 그렇고, 언니 오빠랑 헤어지기도 싫거든. 그러니까 두 사람이 내 선물이야!"

무견과 아린은 아무 말도 못 하고 눈만 껌벅였다. 민아의 마음에 어떻게 보답해야 할까. 고맙다는 평범한 인사말은 감히 꺼낼 수 없었다. 민아가 소파에서 일어났다.

"밥 먹자! 삼겹살 엄청 싸게 사 왔어."

무견은 괘종시계를 흘끔거렸다. 멤버들이 다 모였기에 시곗바늘은 움직이지 않는다. 멤버들과 수다를 떨며 느긋하게 저녁을 먹을 수도 있지만 마음이 조급했다. 일 분이라도 빨리 형을 만나 엄마의 소식을 듣고 싶었다.

"고기 굽고 있어. 난 잠깐 화분 좀 보고 올게."

아린과 민아는 팔짱을 낀 채 벌써 부엌 쪽으로 가고 있었다. 오늘따라 두 사람의 모습이 애틋했다. 부엌에서 들려오는 멤버들의 웃음소리가 형과 약속을 잡은 뒤로 찜찜했던 마음을 조금이나마 누그러뜨렸다.

무견은 점퍼 지퍼를 끌어올렸다. 그리고 하얀 운동화를 신고 현관문을 열었다.

* * *

"형!"

교회 건물 앞 작은 벤치에 익숙한 형체가 보였다. 무견과 달리 형은 어렸을 때부터 작고 여위었다. 형에게 바짝 다가앉은 순간 가슴이 무너져 내렸다. 마지막으로 봤을 때보다 까칠해진 얼굴에 입가에는 잘 닦지 못한 치약 자국이 남아 있다. 무견은 형의 어깨를 끌어안았다.

"저녁 먹었어? 배고프면 형 좋아하는 치킨 먹으러 갈까?"

무견을 볼 때마다 함박웃음을 짓던 형은 불안해 보였다. 무견은 심하게 떨리는 형의 왼쪽 다리에 손을 얹었다.

"밥 안 먹었지? 치킨 말고 딴 거 먹을까? 나 돈 있어."

형은 무견을 쳐다보지 않았다. 어두운 허공을 응시한 채 몸을 앞뒤로 흔들며 혼잣말만 중얼거렸다.

"무견이 무영이 만나야 된다. 무견이 무영이 만난다."

"그래, 약속 안 잊어버려서 고마워. 우리 만났으니까 됐어. 형, 일어나. 밥 먹으러 가자."

식당은 위험하다는 걸 알면서도 형에게 밥을 먹이지 않으면 마음이 편하지 않을 것 같았다. 무견을 오랜만에 만나서 어색한지 평소보다 불안해하고 있다. 형의 마음이 안정되면 엄마 이야기를 들을 수 있을지도 모른다. 아니면 밤에 형과 엄마 병원에 갈 수도 있다. 무견은 형을 일으켰다. 교회 입구로 형의 가벼운 몸을 돌려세운 순간 낯익은 얼굴이 보였다.

"다 끝났어, 최무견. 돌아가자."

택환 아저씨가 무견 쪽으로 신중한 발걸음을 옮겼다. 아저씨 말고도 처음 보는 젊은 남자가 옆에 있었다. 이들이 여길 어떻게 알았는지 금세 이해가 되지 않았다. 답을 구하듯 형을 노려봤지만 형은 이제 온몸을 심하게 떨고 있었다. 불길한 예감을 왜 믿지 않았을까. 내가 갈 곳은 경찰서도 소년보호시설도 아니다.

내 집은 이제 하나뿐이다.

무견은 교회 뒤쪽으로 달렸다. 뛰기 시작하자마자 하얀 운동화가 너무 크다는 사실이 느껴졌다. 운동화가 벗겨지지 않도록 앞쪽에 무게 중심을 싣고 야트막한 교회 담장을 뛰어넘었다. 발걸음을 재촉하듯 심장이 북소리를 울리며 날뛰었지만 몸은 조급한 마음을 받쳐주지 못했다. 몇 달 동안 운동을 전혀 하지 않았다는 사실이 절절히 느껴졌다. 두 형사도 무견을 잡으러 뛰기 시작했다. 저들은 이런 추격전을 한두 번 해본 게 아니다. 금세 잡힐 거라는 절망감에 다리는 더욱 무거워졌다. 저들보다 유리한 점이 있다면 이 동네의 지리를 잘 안다는 것뿐. 무견은 어둠을 뚫고 주택가의 좁은 골목길을 이리저리 달렸다. 혹시 이곳 어딘가에 시간의 집이 나타나지 않을까. 파란 대문이 다시 한번 도움의 손길을 내밀어주지 않을까. 하지만 무견의 경솔함을 탓하기라도 하듯 그런 기적은 일어나지 않았다.

무견은 결국 큰길까지 나왔다. 이제 어떻게든 시간의 집이 있는 곳까지 도망쳐야 한다. 횡단보도 쪽으로 달리는데 요란한 경적 소리가 연달아 울렸다. 불길한 예감은 다시 한번 현실이 되어 무견을 뒤흔들었다.

고양이.

파란 방울 목걸이를 한 고양이가 숨겨 놓았던 새끼들을 이끌고 횡단보도를 건너고 있다. 무견의 머릿속은 진공 상태처럼 텅 비어버렸다. 어떻게 이곳까지 왔을까. 전조등 불빛이 조명처럼 고양이 가족을 비추었다. 주먹만 한 새끼들은 놀라서 발이 붙어버렸다. 고양이는 결국 새끼 한 마리를 물고 걸음을 뗐지만 속도를 줄이지 않은 오토바이에 밟힐 뻔했다. 무견이 횡단보도에 도착한 순간 기적처럼 초록색 신호등이 켜졌다. 고양이들을 쳐다보지 않으려고 애쓰며 쏜살같이 횡단보도를 건넜다. 시간의 집으로 이어지는 지름길로 뛰어들기 전, 무견은 다시 도로를 돌아봤다. 신호등 덕분에 새끼 한 마리는 엄마와 무사히 길을 건넜지만 남은 두 마리가 횡단보도 한가운데에서 떨고 있다. 빨간 신호등으로 바뀌기까지 10초가 남았다. 지금 데려오지 않으면 새끼들의 목숨이 위험하다.

그리고 새끼들을 구하면 무견은 잡힌다.

무견은 야구 모자를 벗어 던지고 파란색 머리카락을 헝클어뜨렸다. 그리고 결국 횡단보도로 다시 뛰어들었다.

새끼 고양이 두 마리를 들어 올린 순간, 택환 아저씨의 억센 손길이 겨드랑이를 파고들었다. 무견은 택환 아저씨의 팔에 붙들린 채 횡단보도를 건넜다. 고양이 앞에 새끼들을 내려놓자 택환 아저씨가 무견을 일으켰다. 가장 먼저 떠오른 건 엄마도 형의 얼굴도 아니었다. 시간의 집에서 자신을 기다리고 있을 멤버들의 얼굴이었다. 마지막 인사도 못 했는데. 내가 오지 않으면 둘이 걱정할 텐데. 내가 잡혔다는 걸 알면 무슨 생각을 할까. 고작 고양이 때문에 엄청난 기회를 날렸냐며 한심해할까. 아니다. 괜찮다고, 어쩔 수 없는 선택이었다고 말해줄 것 같다. 시간의 집이 없어도 다시 시작할 수 있다고 위로해줄 것 같다. 그렇다면 나도 여태껏 하지 못했던 말을 할 수 있을 텐데.

도망자 신세였던 나를 받아줘서 고맙다고. 너희는 꼭 현명한 선택을 하라고 말해줄 텐데.

고양이가 야옹거리며 무견의 다리에 몸을 비볐다. 무견을 위로하듯 맑은 방울 소리가 울려 퍼졌다. 무견은 생각했다.

이 정도면 충분하다고.

3

일주일 뒤, 집사 아저씨가 출력한 인터넷 기사를 소파 앞 탁자에 던졌다. '소년보호시설 한밤의 탈주극. 마지막 소년범 검거'라는 제목 밑에 무견이 형사들에게 붙들려 나오는 사진이 실렸다. 마스크와 야구 모자 때문에 얼굴은 보이지 않았지만, 모자 밑으로 빠져나온 파란색 머리카락과 큰 키는 누가 봐도 무견이었다.

"무견이가 시설에서 도망쳐서 여기 왔다는 거, 너희는 알고 있었니?"

시선을 피하는 멤버들을 보니 굳이 대답을 들을 필요도 없었다.

"그런데도 나한테 말을 안 했어? 이 집이 범죄자 대피소라도 되냐?"

민아가 중얼거렸다.

"그런 말을 어떻게 해요? 그건 고자질이죠."

"무견이가 잡힌 것도 알고 있었고? 무견이가 갑자기 사라져서 내가 얼마나 당황했는지 아니?"

"저희도 인터넷을 보고 알았어요. 아린 언니가 그러는데, 무견 오빠가 시설에 갔던 건 반 애들이 무견 오빠의 형을 놀려서래요. 장애가 있는 형을 놀리다니 솔직히 맞아도 싸지……."

아저씨가 손을 들어 민아의 말을 막았다.

"진심이냐? 사정이 어떻든 잘못이 없는 아이는 시설에 들어가지 않아. 이 세상에 맞아도 싼 사람은 없어. 폭력을 쓰는 사람은 자기 수준이 그것밖에 안 된다고 광고하는 거야. 너희에게도 실망했다. 나한테 미리 말했더라면 이런 일이 생기기 전에 막을 수 있었을 텐데."

아린이 차갑게 말했다.

"어떻게 막으셨을까요? 아저씨가 아셨다면 무견이는 바로 쫓겨났을 텐데. 저희도 마음이 아파요. 이제 무견이를 영원히 만날 수 없게 됐잖아요. 우리가 선택의 문으로 들어가면 이 집에서의 기억은 모두 사라지니까."

"무견 오빠는 이제 어떻게 되는 거예요?"

집사 아저씨는 참담한 심정으로 5년 전 멤버였던 이수를 생각했다.

신이수.

친구를 도우려다 우발적인 범죄를 저질러 선택의 기회를 잃었던 아이. 이수도 무견처럼 가족을 만나러 갔다가 경찰에 붙잡히고 말았다.

"몰라서 묻는 거냐? 출석 일수에 대한 규칙을 어겼으니 무견이는 멤버 자격 상실이다."

"말도 안 돼요. 아저씨 권한으로 어떻게 좀 해봐요! 아저씨보다 더 높은 사람은 없어요? 누가 이 집을 만들었는데요! 그 사람한테…….”

민아의 핸드폰이 요란하게 울렸다. 아저씨가 받으라는 손짓을 보냈지만 민아는 통화 종료 버튼을 눌렀다.

“무견이 일로 마음이 어수선하겠지만 이제 어쩔 수 없는 일이다. 선택의 날까지 두 달도 안 남았으니 마지막 날까지 규칙을 엄수하고, 문제가 생기면 무조건 나와 상의하도록. 그리고…….”

다시 우렁찬 벨소리가 울렸다. 아린이 속삭였다.

“받아봐.”

민아는 찡그린 얼굴로 전화를 받았다.

“네? 맞아요, 제가 신설희 씨 딸인데요……. 어디라고요?”

민아의 얼굴에서 순식간에 핏기가 빠져나갔다. 갑자기 몸을 일으키는 바람에 탁자에 있던 컵이 쓰러지며 주스가 쏟아졌다. 아린이 민아의 손목을 잡았다.

“왜 그래? 무슨 일인데?”

“엄마가 병원에 있대.”

* * *

신설희…… 신설희…….

집사 아저씨는 민아 엄마의 이름을 끊임없이 되뇌었다. 그러고도 믿을 수 없다는 듯 수술실 전광판에 적힌 환자 이름을 올려다봤다. 아저씨는 하염없이 눈물을 쏟는 민아에게 미키 마우스 손수건을 건넸다. 이런 상황에서는 영 어울리지 않는 손수건이지만 지금 줄 수 있는 것은 이것뿐이다. 아저씨는 민아의 모반을 흘끔거리다 역시 눈치 없는 질문을 건넸다.

"얘, 민아야. 혹시…… 너희 어머님 말이다. 아직도 널 혼자 키우시니?"

민아가 고개를 끄덕였다. 아저씨의 시선이 이번에는 교복 치마 아래로 드러난 종아리로 향했다.

"아, 진짜! 자꾸 왜 그러는데요!"

"내가 뭘?"

"아저씨 변태예요? 왜 자꾸 내 다리 쳐다봐요! 우리 엄마가 다쳤는데 지금 뭐 하냐고요!"

"아니, 변태라니. 너…… 그, 그게 무슨…… 지금 말 다했냐! 혹시 아프거나 안 좋은 데가 있을까 봐, 그래서……."

"그 집에서도 내 손목이랑 다리 흘끔거렸잖아요! 나 멀쩡하니까 그만 좀 쳐다봐요!"

병원 복도를 오가던 사람들의 시선이 두 사람에게 쏠렸다. 아저씨는 고개를 숙인 채 눈을 감았다. 바락바락 소리를 지르는 걸 보니 다리에는 역시 문제가 없는 모양이다. 민아는 다시 눈물을 터뜨리며 무릎에 얼굴을 묻었다.

"아저씨, 수술비 얼마나 나와요? 우리 집 돈 없는데."

"내가 알아서 할 테니 돈 걱정은 안 해도 돼. 많이 다치신

게 아니어야 할 텐데 답답해 죽겠다. 너 혹시 아빠와는 연락 안 하고 지내니? 외가 쪽은?"

민아가 전화를 끊자마자 아저씨는 민아를 데리고 시간의 집을 나섰다. 강남에 있는 대학병원에 도착하자 경찰이 사고 경위를 말해주었다. 민아의 엄마는 교대역의 한 횡단보도에서 신호가 바뀌기를 기다리고 있었다. 신호등이 초록색으로 바뀌기도 전에 한 아주머니가 길을 건넜고, 핸드폰으로 통화 중이던 민아 엄마는 아주머니가 길을 건너자 따라갔다고 했다. 아주머니는 자신의 착각을 깨닫고 인도로 황급히 돌아왔지만 민아 엄마는 그러지 못했다. 달려오던 오토바이가 민아 엄마를 치었고, 경찰이 알려준 환자의 상태는 그리 희망적이지 않았다.

"연락하는 사람 아무도 없어요. 우리 엄마 진짜 멍청하지 않아요? 어떻게 대낮에 이런 일이 생겨요? 도대체 누구랑 통화를 했길래……."

민아는 경찰이 준 엄마의 에코백에서 핸드폰을 꺼냈다. 액정은 절반 넘게 부서져 있었지만 다행히 전원이 들어왔다. 엄마가 평소에 비밀번호를 설정해놓지 않아 다행이었다. 최근 통화 기록을 보자 '정상규 변호사님'이라는 이름이 떴다. 엄마가 변호사와 통화할 일이 뭐가 있을까. 안산에서 왜 강남까지 갔을까. 이번에는 엄마의 지갑을 뒤졌다. 지폐 몇 장 사이에 명함이 들어 있었다.

법률사무소 아린
가족법 전문 변호사 정상규

낯익은 이름을 발견한 순간, 아린이 했던 말이 떠올랐다.

아빠는 새로 차린 사무실 이름까지 내 이름을 따서 지었어. 크게 키워서 나중에 내가 변호사가 되면 넘겨주겠다고.

정상규라는 사람이 아린의 아빠일까. 엄마가 아린의 아빠와 왜 통화를 했을까. 지갑에 그 사람의 명함이 있는 이유는 뭘까. 아무리 생각해도 적당한 이유를 찾을 수 없었다. 해답을 찾기도 전에 수술실 문이 열렸다. 의사는 민아의 간절한 눈빛을 피해 고개를 돌렸다.

4

안녕, 김선재. 너한테 처음 쓰는 답장이다. 좋은 소식을 전하고 싶지만 난 여전히 엉망이야. 자랑할 만한 일이 생길 뻔도 했어. 새 친구들을 사귀었거든. 근데 그것마저 꼬여버렸어. 한 명은 경찰에 붙잡혀서 재판을 받게 됐고, 한 명은 엄마가 교통사고를 당하셔서 의식이 없어. 병원에서는 일주일을 넘기기 힘들 거래. 제일 끔찍한 건 내가 이 모든 일을 막을 수도 있었다는 거야. 어떻게 그럴 수 있냐고?

무견을 좀 더 유심히 살폈더라면. 민아에게 소송에 대해 미리 말해주었더라면.

아린은 쓰던 메일을 삭제하고 침대에 누웠다. 10시가 넘었지만 조금도 졸리지 않았다. 무견에 관한 새로운 기사가 있나 싶어 인터넷 사이트를 검색하는데 카톡음이 울렸다.

시간의 집으로 와. 올 때까지 기다릴 거야. 오후 10:10

민아가 보낸 카톡이었다. 아린도 민아를 만나고 싶었지만 집에 부모님이 있었다. 혹시라도 엄마가 방에 들어올지 모르니 자겠다고 말해두는 편이 나을 것이다.

부모님은 식탁에 앉아 종이 몇 장을 앞에 놓고 심각한 얼굴을 하고 있었다. 아빠의 미간에는 오늘따라 깊은 주름이 잡혀 있다.

"젊은 애들이라 뭐라도 특별할 줄 알았는데 평범하잖아. 고작 이런 그림 몇 장 던져주고 돈을 받아?"

엄마도 종이를 내려다보며 고개를 저었다.

"그러게. 다른 법인 로고랑 다를 게 없네. 고쳐달라고 해봐."

종이를 본 아린은 무슨 일인지 알아차렸다. '법률사무소 아린'이라는 글씨 밑에 공정함을 상징하는 저울이 그려져 있었다. 테두리 장식은 로고마다 달랐지만 한눈에 봐도 엇비슷했다. 아빠가 디자인 사무실에 새 로고 디자인을 의뢰한 모양이다. 다른 법률사무소에서도 흔히 쓰는 저울이 아니라 법을 상징하는 다른 물건도 있을 텐데. 테두리 장식도 지나치게 과해 보였다. 차라리 '아린'이라는 이름을 강조하는 디자인이 낫지 않을까. 머릿속으로 로고를 이리저리 바꿔보는데 엄마 목소리가 들렸다.

"넌 왜 나왔어?"

"아, 저 잔다고요."

"한약 먹었니?"

"네."

아린은 방으로 돌아와 하얀 운동화를 신었다. 조심스럽게 문고리를 돌리자 어느새 익숙해진 빛이 아린을 밖으로 끌어당겼다.

* * *

"민아야!"

민아는 불도 켜지 않은 채 소파에 몸을 웅크리고 있었다. 서재에서 흘러나온 빛이 민아를 쓸쓸하게 비추었다. 아린은 얼른 달려가 민아를 끌어안았다.

"너 괜찮아? 엄마는 어떠셔?"

민아 엄마가 사고를 당한 지 일주일이 지났다. 민아의 얼굴은 몰라볼 만큼 핼쑥해져 있었다. 민아는 번들거리는 눈빛으로 아린을 노려보다 쥐고 있던 명함을 던졌다.

"정상규라는 사람, 언니네 아빠 맞지? 사무실 홈페이지에서 사진도 봤어. 언니랑 완전 닮았던데? 언니네 아빠랑 우리 엄마가 왜 만난 거야? 알면 솔직하게 말해."

민아 엄마가 사고를 당한 뒤, 아린은 집사 아저씨에게 모든 이야기를 털어놓았다. 아저씨는 한참 생각하다 말했다.

인생에서 벌어지는 대부분의 문제들은 진실을 숨기는 데서 시작되지. 솔직해야 한다고 충고할 자격이 내게 있을지 모르겠지만, 사실을 말하지 않으면 선택의 날까지 마음이 껄끄러울 거야.

"네 말이 맞아. 정상규 변호사가 우리 아빠야. 너희 엄마가, 그러니까…… 너희 아빠한테 양육비 지급 소송을 원하신다고 들었어. 너한테 말해줄까 고민하기도 했는데, 너는 엄마랑 친하다고 했으니까 이미 알고 있을지도 모른다고 생각했어. 그리고 결국 소송을 진행하더라도 어차피 다음 달이면 선택의 기회를 받으니까 큰 문제는 없을 줄 알았어."

"우리 엄마랑 언니네 아빠가 만날 거라는 것도 알고 있었어?"

"응."

"날짜도 알았어?"

아린은 대답 대신 고개를 숙였다.

"나한테 말했어야지! 언니가 미리 알려줬다면 그딴 소송 하지 말라고 엄마를 말렸을 거고, 엄마가 괜히 강남까지 가는 일도 없었을 거 아냐. 언니가 왜 입 다물고 있었는지 알아. 언니는 원래 자기밖에 모르는 사람이잖아. 자기가 가진 게 얼마나 대단한지도 모르고 징징거리기만 하잖아. 제일 큰 고민이라는 게 고작 그림을 그리고 싶다는 거잖아! 솔직히 언니는 이 집의 멤버가 될 자격도 없어. 내가 소망 노트에 적고 싶었던 말은 뭐였는지 알아? 빗물이 들어오지 않고 내 방이 있는 집을 갖는 거였어. 난 다른 애들은 당연히 다니는 학원에도 못 다니고, 다른 애들은 아무렇지도 않게 주문하는 음식을 먹어본 적도 없어. 백번 고민하다 켠 에어컨 앞에서도 전기세 걱정에 식은땀이 더 난다고. 내가 수술실 앞에서 제일 먼저 무슨 생각을 했는지 알아? 엄마 걱정이 아니라 수술비 걱정이었어!"

"말할까도 생각했어, 민아야. 거짓말 아니야. 네가 색연필을 사 왔던 날, 원래는 그날 말하려고 했는데…… 선물까지 받아놓고 차마 너한테 그런 말을 못 하겠더라. 그다음에는 무견이 때문에 정신이 없었고……."

"장난해? 일이 이렇게 된 게 내 선물 때문이라는 거야? 지금 그걸 핑계라고 대?"

심장 박동이 빨라졌다. 다시 발작이 일어날지도 모른다는 공포가 밀려왔다. 민아의 집안 형편에 대해서는 한 번도 관심을 두지 않았다. 가난한지 부자인지는 상관없었다. 민아는 그저 자신의 이야기에 귀를 기울여주고, 다정하게 등을 토닥여주고, 맛있는 요리를 나눠 먹는 친구였을 뿐이다.

"그래, 네 사정이 어떤지 내가 언니로서 더 헤아렸어야 했어. 하지만 너도 마찬가지야. 정말 하고 싶은 일이 있는데 말도 꺼낼 수 없는 고통이 뭔지 모르잖아."

"부모님한테 말하지 못하는 건 언니가 바보 같아서……."

"그만!"

갑자기 들려온 호통 소리에 멤버들은 숨을 멈췄다. 집사 아저씨가 현관가에서 멤버들을 노려보고 있었다.

"이런 식으로 서로를 비난한다면 내 권한으로 멤버 자격을 박탈하겠다. 누가 더 불행한지 배틀이라도 하자는 거냐? 인생에서 한 번뿐인 기회를 받아놓고 감사한 마음은 조금도 들지 않니?"

무거운 공기 속으로 아저씨가 깊은 한숨을 내쉬었다.

"둘 다 운동화 반납해."

5

"그래서? 애들이 반납했어?"

"그대로 뒀다가는 머리끄덩이라도 잡을 기세길래 으름장 좀 놓은 거죠, 뭐. 설마 진짜 뺏었을까."

갑자기 몰아친 바람에 땅에 뒹굴던 나뭇잎들이 날아올랐다. 아저씨는 휠체어에 걸려 있던 담요를 펼쳐 할머니의 무릎을 감싸주었다. 풍경이라도 아름다웠으면 기분이 나아졌을까. 할머니와 종종 걷던 산책로의 단풍들도 이제는 모두 땅에 떨어져 생기를 잃어 간다.

"할머님이 안 계셔서 그런지 올해는 유난히 힘에 부치네요. 지난번에는 이수 녀석이 그렇게 속을 썩이더니 이번에는……."

아저씨는 다시 한번 이수를 떠올리며 말끝을 흐렸다. 5년 전, 멤버들을 문으로 들여보낸 뒤 아저씨와 할머니는 자신들의 후임자에 대해 이야기했다. 이수에게 직접 말한 적은 없지만 두 사람은 이미 이수를 후임자로 점찍고 있었다. 이수도 시간의 집 멤버였지만 결국 선택의 문에 들어가지 못한 아이였다. 그리고 지금은 포레스트 캣의 점장으로 일한다. 아저씨가 그곳에 갈 때마다 멤버들의 케이크를 챙겨주는 사람도 이수였다.

"설희는 어때? 민아 엄마 말이야."

"여전히 의식이 없어요. 언제 숨이 멈출지 모르죠. 지난 멤버들 중 선미도 비슷한 상황이었습니다. 선미 어머님이 결국 암 투병 중에 돌아가셨잖아요."

"기억나. 그 일을 어떻게 잊겠어?"

"16년 전, 설희가 시간의 집 멤버였던 시절에 할머님이 제게 그러셨죠. 선택은 본인의 몫이니 스스로 결정하게 하라고. 제가 아기를 지키라고 강요하지만 않았어도 설희는 다른 선택을 했을 겁니다. 민아를 임신하기 전인 과거로 돌아갔겠죠. 그랬다면 이런 사고를 당하지도 않았을 테고요."

"설희가 과거로 돌아갔다면 민아는 세상에 없었겠지."

"저도 아기를 건강하게 만드는 게 최선의 선택이라고 생각했지만 지금은 모르겠습니다. 두 사람은 행복하지 않아요."

할머니는 말이 없었다. 아저씨의 가슴속에 드리운 먹구름은 다시 한번 몸집을 부풀렸다. 민아 엄마에게 일어난 사고가 아저씨는 자신의 탓으로만 느껴졌다.

"멤버들은 세 개의 문 중 하나를 선택해야 하지. 그 선택이 아니더라도 삶은 선택의 연속이야. 우리가 어떤 선택을 하든 시간은 흐르고, 그 선택이 옳았는지 아닌지는 시간이 흘러야만 알 수 있지. 잘못된 선택을 했나 후회가 들더라도 당시에 최선을 다했다면 안타까워할 필요 없어. 우리에게는 바로잡을 시간이 있으니까. 잘못된 선택을 바로잡으며 나아가는 게 인생이니까. 자네와 나한테도 아직 기회가 있어. 자네, 그런 부탁을 하러 온 거지?"

"뭔 소리예요, 문병하러 왔다니까."

두 사람의 웃음소리가 찬바람 사이를 떠돌았다. 하지만 아저씨의 웃음은 금세 흔적을 감추었다.

"저만큼 이 일을 사랑하시죠. 그래서 제일 먼저 할머님의 허락을 구해야 했어요. 제 선택을 바로잡아도 되겠습니까?"

"최선을 다해 고민했나?"

쉽지 않았다. 시간의 집을 거쳐 간 수많은 멤버들의 얼굴이 밤낮으로 아저씨를 따라다녔다. 민아에게만 특혜를 주는 일이 옳은 걸까. 아저씨는 엄마가 투병 중이었던 선미를 위해서도 같은 일을 할 수 있었다. 뜻밖의 잘못으로 기회를 잃은 이수를 위해서도 마찬가지였다.

하지만.

그 아이들을 돕지 못했다고 해서 민아 엄마를 죽게 내버려두는 게 옳은 일일까.

"네, 고민했습니다."

"민아야 엄마를 살릴 수 있으니 좋다고 할 테고, 무견이는 이미 선택의 기회를 잃었지. 하지만 규칙을 어기는 일이니 민아 엄마의 사고를 막더라도 아이들에게 어떤 불이익이 생길지 몰라. 그리고 자네, 아린이한테도 반드시 허락을 구해야 해."

"압니다. 아린이가 반대한다면 저도 마음을 접을 거예요."

아저씨는 휠체어 옆에 무릎을 꿇었다.

"그럼…… 할머님은 허락해주시는 거죠?"

할머니는 아저씨가 입은 미키 마우스 스웨터를 못마땅하

게 바라봤다.

"그 경망스러운 쥐 머리를 안 봐도 된다고 생각하니 속이 후련하네."

"쥐 머리가 뭡니까! 미키 마우스는 90년 넘게 사랑받는 최장수 캐릭터라고요. 게다가 항상 웃고 있잖아요. 그 집에 오는 아이들이 결국에는 행복하게 웃었으면 좋겠습니다."

할머니는 아저씨의 마른 손등을 토닥였다.

"우리는 최선을 다했어. 남은 일은 이제 운명에 맡기자고."

* * *

아린은 서재 책상에 놓여 있던 편지를 수없이 읽었다. 집사 아저씨는 민아 엄마의 사고를 막기 위해 민아를 과거의 문으로 들여보내자고 했다. 시간의 혼란을 막으려면 아린도 그 문으로 함께 들어가야 했다. 하지만 선택의 날 전에 문을 여는 것은 규칙을 어기는 일이니, 아저씨와 할머니는 문이 열리는 순간부터 집사 자격을 상실한다. 남은 멤버인 아린과 민아도 시간의 집이 주는 선택의 기회를 잃어버린다.

어려운 결정이겠지. 민아 엄마를 살리는 대신 네 소망을 이룰 수 있는 기회도, 시간을 선택할 수 있는 기회도 포기해야 하니까. 네가 싫다고 한다면 강요하지 않겠다. 어떤 비난도 하지 않을 것을 약속한다. 내가 이런 생각을 하고 있다는 사실을 민아는 전혀 모르니 안심하렴. 충분히 생각할 시간을 주기 위해 이렇게 편지를 쓴다.

헛웃음이 터졌다. 과연 '충분히 생각할 시간'이 있을까. 민아 엄마가 언제 죽을지도 모르는 상황에서?

아저씨는 결심을 내리면 답장을 달라고 했다. 이제 어떤 문을 선택해야 할지가 아니라 자신의 기회를 포기할지 붙잡을지 선택해야 하는 상황에 놓여버렸다. 아린이 허락하지 않으면 민아 엄마는 세상을 떠날지도 모른다. 하지만 민아와 함께 과거의 문으로 들어간다면 아린은 시간을 선택할 수 있는 기회를 잃어버린다. 소망 노트에 이루고 싶은 꿈도 적을 수 없다.

미래로 가고 싶었다.

가족 없이 혼자 살며 마음껏 그림을 그리고 싶었다. 어떻게든 이 현실에서 탈출하고 싶었다. 그렇게 된다면 공황 장애 같은 병은 흔적도 없이 사라질 것 같았다.

하지만 그 소망이 한 사람의 목숨보다 가치 있을까.

아무리 고민해도 명쾌한 판단이 떠오르지 않았다. 그도 그럴 것이 아린은 스스로 무언가를 선택해본 적이 없었다. 선택은 언제나 부모님의 몫이었다. 공부를 열심히 하라기에 그렇게 했고, 엄마가 등록한 학원에 갔고, 외고를 가라고 해서 외고에 입학했다. 그림에 재능이 있다는 것을 깨닫기 전까지는 변호사가 되어야 한다기에 당연히 그래야 하는 줄 알았다. 단 한 번도 자신의 목소리를 내지 못했지만 굳이 용기를 낼 필요는 없었다. 아린에게는 시간의 집이라는 탈출구가 있었으니까. 이 집이 아린 대신 문제를 해결해줄 예정이었으니까. 하지만 이 집이 마련해준 삶을 진짜 내 삶이라고 할 수 있을까.

아저씨의 편지를 봉투에 집어넣었다. 빨리 결정을 내려야 한다는 사실에 마음은 더욱 조급해졌다. 책상 한구석에 놓인, 민아가 선물해준 색연필 상자가 보였다. 선물을 받고 뭉클했던 날이 한없이 오래된 것처럼 느껴졌다. 민아는 지금 얼마나 절박할까. 민아 엄마가 다치게 된 일에는 내 책임도 있을까. 아무리 그렇다 해도 얼굴도 모르는 사람을 위해 이 엄청난 기회를 포기해야 할까.

과연 무엇이 옳은 선택일까.

6

민아를 만나고 돌아온 아저씨는 책상 서랍에서 나무 상자를 꺼냈다. 시간의 집 문을 열 수 있는 열쇠가 담긴, 선택의 날 전까지는 절대로 열리지 않는 상자다.

민아와 아린이 잘 해낼 수 있을까. 과거의 문을 연다 해도 어떤 날로 돌아갈지 모른다. 아이들에게 어떤 일이 생길지 누구도 예측할 수 없다.

자신이 해줄 수 있는 일은 결국 여기까지다.

망치를 쥔 오른손에 힘이 들어갔다.

아저씨는 망치를 들어 올리고 상자를 향해 단숨에 내리꽂았다.

V. 다시, 11월

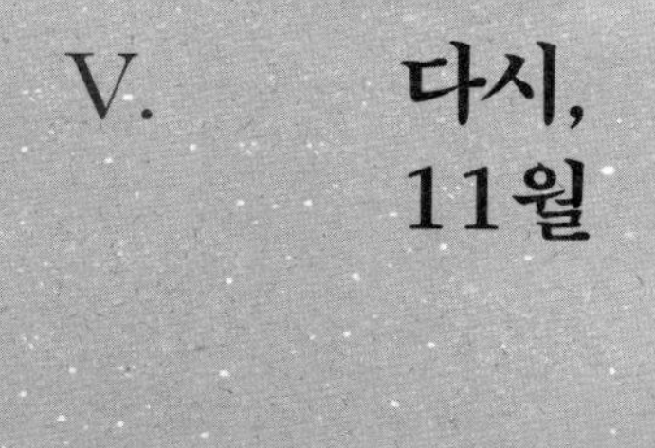

1

11월 1일 토요일 오후 7시

낯선 주택가에서 민아는 눈을 떴다. 하얀 운동화도, 메고 있던 가방도 그대로다. 과거의 문을 통과할 때 쏟아진 빛 때문에 아직도 눈앞이 어른거렸다. 안 된다. 정신을 놓고 있을 때가 아니다. 핸드폰을 허겁지겁 켜고 날짜를 확인했다.

11월 1일 토요일 오후 7시.

엄마가 사고를 당한 날짜에서 일주일 전이다. 통화 버튼을 누르는 손가락이 떨렸다. 신호음이 가는 동안 심장이 터질 듯이 요동쳤다.

"응, 민아야."

다시는 듣지 못할 거라 생각했던 목소리. 울음이 터져 말을 할 수 없었다.

“너 왜 우니? 무슨 일 있어?”

“아니야. 그냥…… 친구랑 싸웠어. 엄마 목소리를 들으니까 갑자기 눈물이 나서.”

“왜 싸웠어. 오늘 지우네 집에서 논다며.”

기억을 더듬었다. 엄마 말이 맞다. 바로 이날, 지우네 집에 간다는 핑계를 대고는 멤버들의 선물을 사서 시간의 집에 갔다. 무견은 멤버들 몰래 집을 빠져나가 형을 만나러 갔다가 잠복해 있던 경찰에게 붙잡혔다.

“엄마, 나 다시 지우 집에 갈래. 생각해보니까 내가 잘못한 것 같아.”

“괜찮겠어?”

“엄마 걱정이나 해! 초딩처럼 횡단보도 앞에서 핸드폰 보지 말고, 신호등 꼭 확인하고 건너. 특히 오토바이 조심하고! 알았어?”

민아의 절박한 마음과 달리 핸드폰 속에서는 폭소가 터져 나왔다.

“알았어. 너 안 낳았으면 어떻게 살 뻔했니.”

더 잘 살았겠지. 할아버지한테도 안 쫓겨나고, 대학도 가고, 결혼도 했겠지. 나를 낳아서 그런 사고도 당한 거니까 내가 꼭 구해줄게.

"엄마 이제 알바 가야 돼. 친구들이랑 화해해, 알았지?"

핸드폰을 쥐고 한적한 주택가를 걸었다. 아린은 어디 있을까. 같이 손을 잡고 과거의 문을 통과했는데 왜 나만 여기 있을까. 정말 과거로 왔다는 게 믿기지 않아 몇 번이고 핸드폰 속 날짜를 확인했다. 우선 여기가 어디인지 파악하고 아린에게 전화를 걸어보자. 아무리 둘러봐도 시간의 집이 있던 안산의 주택가는 아니다.

아, 명패.

민아는 한 주택에 붙은 명패를 읽었다.

서한대로 1439번길

검색 사이트에 명패의 주소를 입력한 순간 다리가 휘청거렸다. 대전이라고? 우리 집이 있는 안산이 아니라? 대전이라면 무견이 탈출했던 시설이 있는 곳이다.

왜 하필 이 날짜로, 이곳으로 돌아왔을까.

인터넷 사이트를 다시 검색했다. 마지막 소년범이 잡혔다는 기사는 어디에도 없다. 그렇다면 지금, 무견은 어디에 있을까.

주택가를 빠져나오자 큰길이 나왔다. 혹시나 싶어 주변을 살폈지만 그리운 파란색 머리는 보이지 않았다. 무견을 찾을 방법을 고민하며 횡단보도 앞에 서 있는데 발밑에서 딸랑거리는 소리가 들렸다. 파란 방울 목걸이를 한 고양이가 새끼들을 데리고 민아를 도도하게 올려다보고 있다. 고양이는 꼬리를 바짝 세운 채 새끼들을 이끌고 횡단보도 쪽으로 걸었다.

"야, 안 돼! 빨간 불이잖아!"

새끼들을 황급히 안아 들자 새끼들이 낑낑거리며 몸을 비틀었다. 어미 고양이가 민아를 보며 하악질을 했다. 발톱이라도 휘두르면 어쩌나 싶었을 때 초록 불이 들어왔다.

"가자. 따라와!"

횡단보도를 건넌 뒤 새끼들을 편의점 앞에 내려놓았다. 어미 고양이는 새끼들을 이끌고 주택가로 느긋하게 걸었지만 민아는 막막하기만 했다. 무견을 못 만난다면 버스나 기차를 타고 안산으로 돌아가야 한다. 아린에게 전화를 걸려던 순간 도로에서 요란한 경적 소리가 들렸다. 큰 키에 마른 남자가 신호를 무시한 채 민아를 향해 질주하고 있다.

"무견 오빠!"

"뭐야, 너!"

무견이 민아의 손목을 낚아챘다. 민아는 무견의 손에 이끌려 덩달아 뛰었다. 무견의 속도에 맞추느라 고꾸라질 뻔한 위기를 몇 번이나 넘겼다. 무견은 걸음을 멈추고 두리번거리더니 민아를 번쩍 들어 낮은 담장 안으로 던져 넣고는 자신도 담장을 뛰어넘었다. 둘은 담장에 등을 붙인 채 눈앞에 보이는 유치원 간판을 올려다봤다. 무견이 검지를 들어 자신의 입술에 댔다. 얼마나 지났을까. 거친 숨소리가 섞인 목소리가 들려왔다.

"어디로 사라졌죠? 분명히 이 길로 들어갔는데."

"흩어져. 자네는 저쪽 골목으로 가."

발소리가 멀어지자마자 무견이 숨을 몰아쉬며 말했다.

"너 뭐야? 네가 왜 거기에서 나와? 나 미행했냐?"

"미행은 무슨! 나는 시간의 집에서 나가면 대전이 아니라 안산이라고!"

무견은 귀신이라도 보는 듯한 얼굴로 민아를 쳐다봤다. 민아는 무견을 와락 껴안았다.

"미쳤냐? 안 떨어져?"

민아는 무견을 올려다보며 눈물 섞인 웃음을 터뜨렸다.

"시간의 집으로 가자! 무슨 일인지 다 설명해줄게.

2

11월 2일 일요일 오전 8시

"엄마, 일어나. 나랑 얘기 좀 해."

엄마는 눈을 비비며 핸드폰 시계를 확인했다.

"아침부터 무슨 얘기……. 일요일인데 늦잠 좀 자자."

"나 꼭 이 동네에서 안 살아도 돼. 어디에 살든 내가 하기 나름이잖아. 지방으로 내려가면 지금보다 생활비도 훨씬 덜 들지 않을까? 그러니까 아빠한테 양육비 소송 하지 마."

엄마의 얼굴에서 잠기운이 사라졌다.

"아빠한테 돈 받을 생각인 거 알아. 법적으로는 정당한 일인 것도 알아. 근데 난 아빠 돈 받기 싫어. 엄마한테는 염치없는 소리지만 우리 조금만 더 고생하면 안 될까? 나도 돈 벌게. 인터넷 찾아보니까 보호자 동의서만 있으면 중학생도 알바할 수 있대."

"내가 소송 준비한다는 거 어떻게 알았어?"

"그건 묻지 마. 대답 안 해."

엄마는 말없이 잠자리를 정리했다. 거실 구석에 이불과 베개를 밀어 놓고 헝클어진 머리를 빗질해 묶었다. 그리고 다시 민아 앞에 앉았다.

"넌 세상일이 다 잘 풀릴 거 같지? 나도 그랬어. 열심히 일하면 너랑 잘살 수 있을 줄 알았어. 근데 아니더라. 노력하면 되는 게 아니라 어떻게 해도 안 되는 게 인생이더라. 딛고 선 땅이 처음부터 질척거리니까 아무리 달려도 가라앉기만 하더라. 지방에 내려가면 뭐가 달라지는데?"

"그래도 여기보다는……."

"갑자기 낯선 지방에 가면 어디에서 살 건데? 이 아파트도 간신히 입주한 거 몰라? 일자리는 어디에서 구할 건데? 거기에도 여기처럼 일자리가 많을까? 그래, 다 잘 풀려서 괜찮은 집이랑 일자리를 구했다고 치자. 돈 때문에 학원 하나 못 다니는 너도 대학에 들어갔다고 치자. 그럼 1년에 두 번씩 내는 대학 등록금은 어떻게 감당할래? 몇 푼 안 되는 네 알바비로 그 돈이 해결될까? 생활은 또 어디에서 할래? 우리 집이 지방에 있으면 원룸이나 기숙사라도 구해야 대학 다닐 거 아냐. 대학 졸업하기도 전에 빚더미에 올라앉고 싶어?"

엄마의 말 한 마디 한 마디가 가슴을 후볐다. 엄마 말대로 민아는 막연히 잘될 거라 생각했다. 시간의 집이 주는 기회는 잃어버렸지만 엄마를 살리는 일이 최선이라고 믿었다. 예전처럼 열심히 살다 보면 언젠가는 행복한 삶이 펼쳐지리라 생각했다. 하지만 엄마에게 삶이란 끝이 보이지 않는 진창길이었다.

"법적으로 잘못된 일도 아닌데 나는 좀 편해지면 안 되니? 조금이라도 엄마를 생각한다면 반대하지 마. 너랑 그 남자랑 마주치는 일은 절대 없도록 할 테니까 다신 이 얘기 꺼내지 마."

엄마는 소송을 그만둘 마음이 없다. 이대로라면 8일 오후 3시에 예정대로 아린의 아빠를 만날 테고, 돌아오는 길에 사고를 당한다. 더러운 진창 속에 발목만 빠지기는커녕 온몸이 잠기게 된다. 아린은 어떻게 됐을까. 아린이라도 자신의 아빠를 말릴 수 있을까.

* * *

아빠가 서류 더미 속에서 고개를 들었다. 아빠의 눈빛을 마주하자 의지와는 상관없이 심장이 날뛰기 시작했다.

"왜?"

"지난번에 얘기했던 싱글맘 있잖아요. 그 사람 소송…… 안 맡으시면 안 돼요?"

아빠 입에서 헛웃음이 새어 나왔다.

"소송 안 맡으면 네가 돈 벌어 올래? 너 왜 자꾸 그 사건 궁금해하는데? 아는 사람이라도 돼?"

"맞아요. 그 중학생 여자애, 내가 아는 애예요. 걔는 자기 엄마가 소송하는 거 원하지 않으니까 아빠가 맡지 않으면 좋겠어요. 정 해야겠다면 무슨 핑계라도 만들어서 다음 달로 미뤄주세요. 너무 바빠서 다음 달부터 시작할 수 있다고 하면 되잖아요. 아빠, 제발. 부탁이에요."

아린은 간절하게 아빠의 대답을 기다렸다. 민아는 아침에 카톡을 보내 엄마를 설득하는 데 실패했다고 말했다. 이제 자신이라도 아빠를 막아야 한다.

"부탁 들어주면 넌 뭘 해줄 건데?"

"네?"

"다시 학교 가서 공부해. 정신과도 꾸준히 다니면서 치료받아. 그럼 네가 원하는 대로 다음 달에 다른 변호사한테 넘길게. 그게 내 조건이야."

아빠는 서류 위에 두 손을 모았다. 아린의 시선은 바닥으로 떨어졌다.

"왜? 못 하겠어?"

다시 학교에 간다고 생각하기만 해도 가슴이 터질 것 같았다. 그곳에서 또 공황 발작이 일어나기라도 한다면. 너 때문에 시험을 망쳤다던 아이들의 원망 섞인 눈빛이 여전히 생생했다.

"잘…… 모르겠어요."

"그럼 나도 안 돼. 가는 게 있으면 오는 게 있어야지, 인마. 주말에도 일하는 거 안 보여? 바쁘니까 나가."

민아 엄마를 위해 자신의 기회를 포기한다는 것은 쉽지 않은 결정이었다. 울면서 몇 번이나 고맙다고 말하는 민아를 보며 내 꿈은 스스로 이루겠다고 다짐했지만 이번에도 똑같은 삶이 되풀이되고 있다. 괜한 결정이었나. 집 밖에 나갈 용기도 없으면서 어쩌자고 이런 선택을 했을까. 이제 나는 어떻게 되는 걸까.

힘없이 문고리를 돌리는 아린을 향해 아빠가 혀를 찼다.

3

11월 3일 월요일 오후 1시

"오빠, 지금 뭐 하는 거야?"

"딱 보면 모르냐, 중딩. 염색하려고."

거실 바닥에 깔린 신문지에 '염색 리무버'라고 적힌 하얀색 통과 비닐장갑, 빗 등이 널브러져 있었다.

"이걸 사 왔다는 건 밖에 또 나갔다는 소리잖아! 차라리 나한테 사다 달라고 하지 그랬어!"

"넌 엄마 따라다니느라 바쁘잖아. 이것만 사고 금세 들어왔으니까 걱정 마. 경찰들도 날 놓쳐서 열받았을 텐데 또 잡히면 안 되잖아."

"이 집에 숨어 있는데 왜 잡혀?"

"이 집이 우리 눈에 영원히 보인다는 보장 있냐?"

소파에 앉아 정원을 바라보던 아린은 무견의 말에 작은 한숨을 내쉬었다.

"무견아, 바닥에 똑바로 앉아봐. 내가 발라줄게."

아린은 빗을 집어 들고 무견의 머리카락에 투명한 젤처럼 생긴 리무버를 바르기 시작했다. 알싸한 약품 냄새에 민아가 거실 창문을 열었다. 무견이 중얼거렸다.

"이제 집사 아저씨는 안 오는 거지? 두 사람한테 과거의 문을 열어줘서 집사 자격을 잃어버렸으니까."

무견은 여전히 꿈속을 헤매는 기분이었다. 자신이 과거로 왔다는 것도, 소중한 기회를 잃어버렸다는 것도 실감이 나지 않았다. 택환 아저씨에게 붙잡혔던 기억도 전혀 나지 않는다.

"최무견, 넌 이제 어떻게 할 거야?"

무견이 고개를 흔들자 아린의 바지에 리무버가 튀었다. 이제 시간을 선택할 수 있는 기회도, 소망을 이룰 수 있는 기회도 사라졌지만 멤버들을 탓할 수는 없다. 자신은 그때 이미 멤버 자격을 잃은 상태였으니까. 머리카락 색깔을 바꾼들 뭐가 달라질까. 이 집이 어느 날 갑자기 사라진다면 어디로 가야 하나.

아린이 창가에 서 있는 민아에게 물었다.

"엄마는 어디 계셔?"

"마트에서 알바 중. 학교에는 엄마 사인 흉내 내서 일주일 동안 체험 학습 신청서 냈어."

"아빠를 못 말렸어. 미안해."

"아니야, 언니. 나도 우리 엄마 못 말렸잖아. 부모들은 원래 자식 말은 죽어도 안 듣나 봐. 무조건 자기들 생각만 맞지. 그리고 나…… 이제 여기 자주 못 와. 엄마가 사고를 당한 날이 8일이니까 그때까지는 딱 붙어서 따라다니려고. 언니랑 오빠한테 너무 미안해. 나 때문에…… 일이 왕창 꼬인 것 같아."

"야, 중딩. 그건 아니지. 넌 오히려 날 구해줬잖아."

아린이 무견의 어깨를 두드렸다.

“가서 머리 감고 와.”

“어어.”

무견이 비닐 가운을 펄럭이며 화장실로 뛰어갔다. 곧 세찬 물소리가 들렸다. 민아는 여전히 아린의 눈을 똑바로 쳐다보지 못했다.

“미안해, 언니.”

“또 뭐가?”

“엄마가 사고를 당한 게 언니 때문이라고 몰아붙였잖아. 나한테 닥친 일이 너무 막막해서 원망할 사람이 필요했었나 봐. 그런데 언니는 시간의 문을 선택할 기회까지 포기하면서도 날 도와주고……. 정말 미안해.”

“똑같은 말을 몇 번이나 할래? 같이 과거의 문으로 들어가기 전에 내가 했던 말 기억나? 내 꿈은 내 힘으로 이루겠다고 했잖아. 넌 다른 생각하지 말고 엄마를 구하는 데만 신경 써.”

이번에는 아린이 민아의 시선을 피했다. 확신이라고는 전혀 없을 표정을 들키고 싶지 않았다. 이윽고 무견이 거실로 돌아왔다. 민아가 숨을 들이마셨다.

“헐.”

무견은 대전에서 민아를 만났을 때보다도 혼란스러운 얼굴이었다. 아린이 바닥을 향해 급하게 삿대질했다.

“빨리 앉아! 말려보자.”

아린이 무견의 머리카락을 드라이어로 정성껏 말렸지만 파란색이 검은색으로 변하는 기적은 일어나지 않았다. 가뜩이나 푸석이던 머리카락은 이제 옥수수수염처럼 흩날렸다.

민아가 말했다.

"색깔이 살짝 빠지긴 했어. 도대체 무슨 생각으로 파란색 머리를 하셨는지."

"야, 중딩! 이거 나름 연예인 머리 따라 했던 거야."

"장난해? 누가 그런 촌스러운 머리를 했는데?"

"비티에스 알엠. 내가 그분 팬이거든. 그분이 했을 때는 겁나 멋졌어."

서늘한 침묵이 멤버들 사이를 감돌았다. 아린과 민아는 곧 한바탕 웃음을 터뜨렸다. 무견이 연달아 내쉰 한숨에 비닐 가운 앞자락이 펄럭였다. 무견은 바닥에서 일어나 민아의 팔을 끌어당겼다.

"이러고 있을 때 아니잖아. 빨리 엄마한테 가셔."

아린도 소파에서 일어났다.

"8일까지는 절대 한눈팔지 마. 간간이 나한테 카톡 보내고."

무견이 민아를 향해 오른손을 들었다. 민아는 고개를 떨군 채 무견의 손에 하이파이브를 했다.

"고마워. 정말 고마워! 또 올게!"

민아가 나가고 아린은 착잡한 얼굴로 리무버 통을 집어 들었다.

"한 번 더 발라볼까?"

"됐거든? 가서 그림이나 그리셔."

무견은 아린의 미소를 보며 생각했다. 선택의 기회를 잃은 대신 소중한 사람들을 얻었다. 이 집에 대한 기억도, 멤버들의 기억도 사라지지 않는다. 하지만 엄마를 구하러 간 민아를 떠올리자 병원에 있을 엄마에 대한 걱정이 또다시 밀려들었다.

무견은 서재 문이 닫히는 걸 확인하자마자 조용히 하얀 운동화를 신었다.

* * *

"여보세요."

묵직한 중저음의 목소리가 다시 말했다.

"여보세요? 말씀 안 하시면 끊습니다."

"저예요, 최무견."

깊은 한숨이 수화기 너머에서 들려왔다.

"왜 한숨이에요? 아저씨가 치사하게 형 꼬셔서 숨어 있었잖아요. 형한테 그런 짓을 하고 싶어요? 그날 형이 얼마나 불안해했는지 알아요?"

"함정 수사나 잠복근무 같은 말로 표현하면 어떠냐. 넌 경찰의 아들이잖니."

"난 그런 말 몰라요. 우리 아빠는 아저씨처럼 형사가 되기도 전에 죽었거든요. 누구 때문인지는 잊지 않았죠?"

무견은 치솟는 분노를 내리눌렀다. 지금은 택환 아저씨를 비난하려고 전화한 게 아니다.

"우리 엄마 어떻게 된 거예요? 왜 아직도 병원에 있어요?"

"처음에 했던 수술이 잘못됐어. 지금 다시 수술받고 입원 중이시다."

"그 수술은 잘됐어요?"

"아직 통증이 심하신데 조금씩 회복하고 계셔. 내가 틈틈이 가보고 있으니까 걱정 안 해도 돼."

눈물이 뺨을 타고 흘렀다. 울음소리를 들키기 싫어 수화기를 틀어막았다.

"나도 하나만 묻자. 네가 정말 탈출 사건 주동자냐?"

"뭐라고요? 무슨 말도 안 되는 소리예요!"

"먼저 붙잡힌 애들은 하나같이 네가 주동자라고 하던데."

"아니에요! 걔들이 도망치길래 나도 얼떨결에 튀었어요. 그때는 엄마를 보고 싶은 마음밖에 없었어요. 형이 혼자 잘 있는지도 걱정됐고요. 사람들이 잘못 알고 있는 거예요."

"그래서 억울하냐? 진실을 밝히고 싶어?"

"당연한 거 아니에요?"

"그럼 자수해. 숨어서 외쳐봤자 네 목소리는 아무한테도 들리지 않아. 내가 도와줄게."

"웃기지 마요. 아저씨를 믿으라고요? 내 인생은 이제 끝났어요. 누구 때문인지는 알죠? 아빠만 살아 있었어도 내 인생이 이렇게 꼬이지는 않았을 거예요. 형도 지금보다 훨씬 나아졌을 거고요!"

"아니, 끝나지 않았어. 너한테는 아직 바로잡을 기회가 있거든. 평생 남 탓만 하면서 인생을 망치든가, 네 잘못을 반성하고 악착같이 살든가."

동전을 더 넣으라는 메시지가 들려왔다. 무견은 백 원짜리 동전을 닥치는 대로 집어넣으며 소리쳤다.

"내가 뭘 그렇게 잘못했는데요! 형을 놀린 새끼들을 패준 것도 죄예요?"

"잘 들어라, 최무견. 못된 짓을 한 사람을 벌주고 싶으면 주먹을 쓰는 게 아니라 그 사람보다 현명해져야 해. 폭력의 대가가 얼마나 비싼지 아냐? 폭력을 휘두르는 순간, 지금의 너처럼 순식간에 가해자가 돼버리거든. 아직도 그 애들이 밉냐? 아니지, 그 애들보다는 내가 훨씬 밉겠지."

"맞아요. 아저씨가 더 미워요. 죄책감을 느끼긴 해요?"

택환 아저씨는 입을 다물었다. 한동안 아저씨의 무거운 숨소리만 무견의 귓가를 울렸다.

"그래, 네 아빠의 죽음이 여전히 내 탓인 것만 같아. 과거로 돌아갈 수만 있다면 그런 부탁은 절대로 안 했을 거야. 하지만 그 차를 쫓아간 건 네 아빠의 선택이었어. 음주 운전 차량을 잡는 게 우리 일이었으니까. 네 아빠는 자기 일에 최선을 다했을 뿐이야. 이제 네 얘기를 해볼까? 같은 반 애들을 폭행하고 시설에서 탈출한 건 네 선택이었어. 내 핑계를 댈 생각은 마라. 나는 그런 선택을 하라고 너를 부추긴 적이 없어. 하지만 최무견, 너한테는 아직 기회가 있어. 과거를 바꿀 수는 없지만 다시 시작할 수는 있지. 자수하면 네가 주동자가 아니라는 건 어떻게든 밝힐 테니 넌 네 살길을 찾아. 공부를 하든 기술을 배우든, 목숨 걸고 승용차를 쫓아간 네 아빠처럼 그런 근성을 가지고 살라고."

"꼰대 같은 소리 그만해요. 난 절대 자수 안 해요!"

무견은 수화기를 거칠게 내려놓았다. 그러고도 분이 안 풀려 수화기를 다시 집어 들고 전화기를 몇 번이나 내리쳤다.

자수라니. 나한테 그럴 용기가 있을까. 만약 자수를 하더라도 주동자가 아니라는 걸 사람들이 믿어줄까. 짓지도 않은 죄까지 덮어쓰고 소년원에 갈지도 모른다. 택환 아저씨는 삶을 헤쳐 나갈 길을 찾으라고 했다. 이제 와서 어떻게? 도대체 어떤 일을 하며 악착같이 살란 말인가. 이 나이를 먹도록 하고 싶은 일이 아무것도 떠오르지 않다니 한심하기 짝이 없었다.

가족을 두고 떠난 아빠가 미우면서도 아빠 같은 경찰이 되고 싶은 적도 있었다. 하지만 시설에 들어가는 순간 무견은 모든 꿈을 포기했다. 자신의 인생은 여기에서 끝이라고 생각했다. 소년범이라는 꼬리표가 평생을 따라다닐 거라 믿었다. 벼랑 끝에 몰린 무견에게 시간의 집은 마지막 기회였다. 과거의 문으로 들어가 형을 놀린 아이들을 때리기 전으로 돌아가고 싶었다. 그러면 시설에 가는 일도 없을 테고, 엄마와 형의 곁을 지킬 수도 있을 테니까.

숨어서 외쳐봤자 네 목소리는 아무한테도 들리지 않아.

택환 아저씨는 말했다. 시간의 집이 없어도 나에게는 다시 시작할 기회가 있다고.

정말 그럴까. 아저씨의 말을 믿어도 될까.

4

11월 7일 금요일 오후 7시

나흘 뒤, 두 멤버는 라면이 든 냄비를 식탁에 놓고 마주 앉았다. 민아가 없는 시간의 집은 오늘따라 썰렁하게 느껴졌다. 아린이 젓가락을 내려놓자 무견은 그제야 입안에서만 맴돌던 말을 꺼냈다.

"나 자수하려고."

안 그래도 하얀 아린의 얼굴이 더욱 창백해졌다.

"그게 무슨 말이야? 갑자기 왜?"

"다른 방법이 없잖아. 이 집에 평생 숨어 있을 수도 없고. 이 집에서 만나는 건 지금이 마지막일 거야. 가볼 데가 좀 있거든."

무견은 팔을 뻗어 아린의 손을 잡았다.

"생각해보니까 나 꼴랑 열일곱 살밖에 안 됐거든. 앞으로 뭐든지 할 수 있는데 왜 겁쟁이처럼 여기 숨어 있었는지 모르겠어. 밖에서는 내가 주동자라고 떠드는 모양인데 떳떳이 자수해서 내가 주동자가 아닌 거 밝히고 판결 나오는 대로 따르려고. 원래는 과거로 도망치고 싶었는데 굳이 과거로 가지 않아도 내 앞에는 정말 많은 시간이 남아 있잖아. 솔직히 말하면 엄청 무서운데 용기를 쥐어짜보기로 했어. 누나도…… 그래줄래?"

아린은 손을 빼며 고개를 흔들었다.

"내 마지막 부탁이니까 약속해줘. 아빠와 치열하게 싸우겠다고. 아빠가 또 무섭게 윽박지르면 이 기억 하나만 떠올려. 내 그림이 집 안에 숨어 있던 소년범을 밖에 나가게 만들었다고. 미치도록 하고 싶은 일이 있다는 건 누구에게나 주어지는 행운이 아니야."

아린은 결국 눈물을 훔치며 고개를 끄덕였다. 울어서는 안 된다. 무견은 누구보다 옳은 선택을 했다. 잘했다고, 네가 자랑스럽다고 말해주어야 한다.

"약속했다? 아빠한테 당당하게 말하는 거야?"

"약속해."

무견은 홀가분한 얼굴로 식탁에서 일어났다.

"지금 가는 거야? 조금만 더 있다 가!"

"말했잖아. 자수하기 전에 들를 데가 있다고."

아린은 입술을 깨물며 하얀 운동화를 신는 무견의 뒷모습을 바라봤다. 무견은 허리를 굽히고 운동화 끈을 단단히 조였다. 아린을 돌아보고 싶었지만 씩씩하게 헤어져야 했다. 괜한 눈물을 보였다가 아린의 마음이 약해질까 두려웠다. 등 뒤에서 초조한 목소리가 들렸다.

"내 전화번호 알지? 전화할 수 있으면 꼭 해! 우리 다시 만나는 거지? 그치, 최무견?"

"당연하지. 우리 기억은 그대로잖아!"

파란 대문을 열자 차가운 바람이 몸을 뒤흔들었다. 무견은 그제야 아린이 있을 시간의 집을 돌아보았다.

잘할 수 있어, 누나.

무견은 밤공기를 들이마시며 큰길 쪽으로 발걸음을 돌렸다.

5

11월 8일 토요일 오전 11시

엿새 동안 지켜본 엄마의 하루하루는 서글플 만큼 예상과 똑같았다. 아침 9시부터 12시까지 동네 마트에서 캐셔 일을 하고, 마트 한편에 딸린 비좁은 방에서 도시락을 먹었다. 그리고 다시 저녁 6시까지 캐셔 일을 계속했다.

마트 일이 끝나면 집에 와서 부리나케 저녁을 먹고 다음 일터인 닭갈비 가게로 출발했다. 뒷정리까지 마치면 자정을 훌쩍 넘길 때도 많았다. 다른 주부들처럼 삼삼오오 모여 브런치를 먹거나, 운동을 다니거나, 미용실이나 네일 숍에 들르는 일 따위는 꿈도 꿀 수 없었다.

엄마가 일하는 동안 민아는 엄마를 틈틈이 지켜보며 기다렸다. 엄마가 마트에 있을 때는 마트 입구가 한눈에 보이는 편의점 앞에서 삼각 김밥이나 우유를 사 먹으며 지루한 시간을 견뎠다. 집에 있다가 엄마가 일을 마치는 시간에 나올 수도 있었지만 그러기에는 마음이 편하지 않았다. 갑자기 약속 날짜가 앞당겨져 엄마가 아린의 아빠를 만나러 갈지도 몰랐으니까.

엄마가 닭갈비 가게에서 일하는 동안에도 민아는 식당 근처를 서성였다. 고된 노동을 마치고 가게에서 나온 엄마는 거리에서 하루를 보낸 딸의 까칠한 얼굴을 맞닥뜨렸다. 엄마의 반응은 날마다 달랐다. 감동했고, 놀랐고, 짜증을 냈고, 화를 냈다. 어젯밤에는 결국 밤거리는 춥고 위험하니 다시는 오지 말라고 선언했다.

베개 옆에 놓인 핸드폰에서 카톡 알림음이 울렸지만 눈을 뜰 수가 없었다. 엿새를 거리에서 보낸 대가는 혹독했다. 하필이면 기온이 갑작스럽게 떨어진 한 주였다. 침도 삼키기 힘들 만큼 목이 부었고, 온몸이 두들겨 맞은 듯 아팠다.

너 괜찮니? 아침에 일어나지도 못하던데.
오늘도 가게 오기만 해봐.
오전 11시 45분

카톡 메시지 옆에 표시된 시간을 보자마자 비명을 지르며 일어났다. 엄마가 사고를 당한 날에 어떻게 지금까지 늦잠을 잘 수 있을까. 사고 발생 시간은 오후 3시에서 4시 사이. 엄마는 벌써 지하철이나 버스를 타고 그곳으로 가고 있는지도 모른다. 엄마에게 전화를 걸었지만 받지 않았다. 민아는 점퍼를 낚아채듯 집어 들고 집을 나갔다.

* * *

“왜 하필 토요일에 만나?”

"의뢰인이 주말에만 시간이 나신다는 걸 어떡해. 3시에 만나기로 했으니까 집에서 점심 먹고 천천히 출발하려고."

"그때 얘기했던 싱글맘이지?"

심장이 세차게 뛰었다. 긴장한 나머지 헛구역질까지 나왔다. 더 이상 듣고 있을 수만은 없다. 오늘은 민아 엄마가 사고를 당했던 날이다. 민아는 오늘만큼은 엄마 옆에서 조금도 떨어지지 않을 거라고 했다. 하지만 뜻대로 되지 않는다면. 혹시라도 다른 변수가 생겨서 엄마의 사고를 막지 못한다면. 민아 엄마가 서초동까지 오지 않도록 아빠와의 만남을 막는 것이 최선의 방법이다. 한 사람이 끔찍한 교통사고를 당할지도 모르는데 방 안에 숨어 있을 수는 없다. 아빠를 붙잡아야 한다. 용기를 내겠다고 무견과 약속했다. 아린은 연습장을 들고 거실로 나갔다.

"아빠, 이거……. 사무실 로고 마음에 안 드신대서 고쳐봤어요."

지난번에 생각했던 대로 흔한 저울 그림 대신 사무실 이름으로 로고를 만들었다. 직사각형 테두리 안에 '아린'과 'LAW'라는 글자를 함께 넣었다. 언뜻 보기에는 단순한 그림이지만 마음에 드는 로고를 완성하기 위해 수십 번은 스케치를 거듭했다.

"저울이나 판사봉 이미지는 다른 사무실에서도 많이 쓰니까…… 우리는 사무실 이름을 강조하면 좋겠어요. 색깔도 고민해봤는데…… 어두운 파란색이 제일 나아요."

용기를 내겠다는 다짐이 무색할 만큼 목소리가 쉼 없이 떨렸다. 아빠는 미간을 찌푸린 채 로고를 한동안 쳐다봤다. 텔레비전을 보던 엄마가 연습장을 가져갔다.

"디자인 사무실에 맡겼던 로고보다 이게 훨씬 나은데?"

"어, 쓸 만하네."

아빠가 툭 던진 한마디에 심장 박동이 조금씩 잦아들었다.

"그럼 포토샵으로 다시 다듬어볼게요. 그리고 저…… 할 말이 있어요."

폐 속을 가득 채운 공기를 내뱉었다. 그리고 마침내 1년 넘게 가슴속에만 있던 말을 꺼냈다.

"미대 가서…… 그림 배우고 싶어요. 요즘 미대 입시는 성적도 중요하니까 공부도 열심히 할게요. 치료도 다시 받고, 학교에도 갈게요. 혹시라도 미대 입시 실패하면 그때는 아빠가 원하는 대로 법대 갈게요. 예전부터 말하고 싶었는데…… 용기가 안 났어요."

잠시나마 화기애애했던 거실 공기가 순식간에 얼어붙었다. 예상과 달리 아빠는 화를 내지 않았다. 아니, 그럴 가치도 없다는 얼굴이다.

"여보, 얘 지금 뭐라는 거야? 내가 제대로 들은 거 맞아?"

엄마는 대답 대신 서둘러 텔레비전 볼륨을 낮췄다.

"용기를 내서 한다는 말이 고작 그거야? 네 할아버지랑 삼촌이 그림 그렸다가 어떻게 됐는지 몰라? 할머니가 왜 돌아가셨는지 아는 놈이 그딴 말을 해!"

발이 본능적으로 뒷걸음질 쳤다. 도망치고 싶다. 시간을 되돌리고 싶다. 다시 방 안으로 뛰어 들어가 아무 일도 없는 척하고 싶다. 심장이 쿵쾅거리며 뛰기 시작했다. 무견과의 마지막 만남을 필사적으로 떠올렸다. 아니, 마지막 만남이 아니다. 우리는 기억을 잃어버리지 않는다. 언젠가 무견을 다시 만난다면 너와 약속했던 대로 아빠와 치열하게 싸웠다고 웃으면서 이야기하고 싶다. 아린은 의사가 가르쳐준 대로 천천히 길게 호흡했다.

"전…… 할아버지도 아니고 삼촌도 아니에요. 그리고 전 아빠 생각이랑 달라요. 그분들이 그림 그린 거 후회한다고 생각 안 해요. 할아버지와 삼촌이 시간을 선택할 수 있는 기회를 받았다면 두 분은 과거로 돌아갔을 거예요. 다시 붓을 들고 예전보다 훨씬 치열하게 그림을 그렸을 거예요."

"입 다물어!"

"잘 안 될 수도 있겠죠. 아빠 말을 들을 걸 그랬다고 결국 후회할지도 몰라요. 하지만 그 후회가 아무리 크더라도 노력도 안 해보고 포기했다는 후회보다는 크지 않을 거예요."

아린은 엄마가 들고 있던 연습장을 가져가 아빠에게 내밀었다.

"그동안 그린 그림이에요. 한 번이라도 봐주세요, 네?"

아빠는 더러운 물건이라도 만졌다는 듯이 연습장을 바닥에 내리꽂았다.

"먹여주고 재워주니까 세상이 만만해 보이나 본데, 예술하겠답시고 덤볐다가는 망하기 딱 좋아. 최고가 아닌 사람은 밥 벌어먹기도 힘들다고! 네 할아버지랑 삼촌이 그 증거잖아! 이럴 거면 다시 방에 처박혀……."

"잘 그렸네."

엄마의 담담한 목소리가 아빠의 말을 막았다. 엄마는 아린이 그린 그림을 한 장씩 넘겨 보고 있었다.

"미대 가라고 해. 아린이가 지금까지 뭐 하고 싶다고 말한 적 있어? 그리고 우리는 아린이 뒷받침해줄 능력 되잖아. 그러려고 당신도 밤낮없이 일한 거 아냐?"

아빠가 소파에서 벌떡 일어났다. 목덜미까지 달아오른 얼굴로 엄마와 아린을 번갈아 노려봤다. 하지만 이번만큼은 엄마도 양보할 생각이 없어 보였다.

"지금이 어떤 시대인데 옛날 얘기만 할래? 당신은 뉴스도 안 보니? 미술 시장이 얼마나 커졌는지 몰라? 미대 입시 실패하면 법대 가겠다잖아. 그리고 솔직히, 지금이 미대 법대 가릴 때야? 아린이가 밖에 나가는 게 더 중요하잖아!"

엄마가 자신의 편을 들어주리라고는 전혀 예상하지 못했다. 놀라서 눈만 껌벅이는 아린에게 엄마가 말했다.

"그림 그리고 싶다고 엄마한테라도 말하지 그랬어. 이걸

다 언제 그렸니? 네 방에서?"

시간의 집 서재라고 말할 수는 없었기에 아린은 고개만 끄덕였다. 엄마가 아린의 어깨를 끌어안았다.

"미안하다. 엄마가 진작 알았어야 했는데."

익숙한 화장품 향기가 콧속에 밀려들었다. 엄마와 껴안아 본 적은 초등학생 때가 마지막이었다. 사춘기가 오기 전에는 엄마와 틈만 나면 입을 맞추고 껴안고 사랑한다고 속삭였는데. 대단한 일을 하면서 살았던 것도 아닌데 왜 정작 가장 소중한 걸 잊어버렸을까. 오랜만에 안긴 엄마 품은 따뜻하고 편안했다.

아빠가 자신의 핸드폰을 아린에게 내밀었다.

"찾아."

"네?"

"오늘부터 제일 가까운 날짜에 열리는 미술 대회야. 아까 그랬지? 최고가 아닌 사람은 밥 벌어먹기도 힘들다고. 거기 참가해서 1등 하면 미대 허락해줄게. 대신 2등도 안 되고, 3등도 안 돼. 무조건 1등이야."

가슴이 철렁했다. 미술 학원 한 번 다닌 적이 없다. 유튜브를 보며 틈틈이 그린 경험이 전부다. 대회가 열리는 곳까지 무사히 가더라도 그림을 그리다 발작을 일으켜 바닥에 나뒹굴지도 모른다. 학교에서처럼 아린 때문에 그림을 망쳤다고 참가자들의 항의가 쏟아질지도 모른다.

“왜? 이번에도 자신 없어? 그런 배짱으로 무슨 일을 해, 인마!”

뱃속에서 뜨거운 덩어리가 치솟았다. 떨리는 손이 검색 사이트를 뒤졌다. 다음 달에 한 신문사에서 주최하는 청소년 미술 대회가 보였다. 신문사 건물에서 ‘평등’이라는 추상적인 주제를 놓고 그림을 그려야 한다. 그 순간, 민아가 했던 말이 떠올랐다.

불꽃놀이처럼 공평하고 평등한 게 있을까? 1층에서도 잘 보이고 옥상에서도 잘 보이잖아! 이 세상은 진짜 불공평한데 불꽃놀이는 안 그래. 하늘은 누구나 볼 수 있잖아.

머릿속에서 한 장의 그림이 펼쳐지기 시작했다. 불꽃놀이를 구경하는 세 친구들의 모습. 선택의 날이 오기 전에 반드시 그리겠다고 결심한 장면이었다. 이 그림이라면 할 수 있을 것 같다. 아니, 해내야 한다. 어느 시간으로 가든 결국 내 힘으로 세상에 맞서야 한다. 무견이 말했다. 미치도록 하고 싶은 일이 있다는 건 누구에게나 주어지는 행운이 아니라고. 무견도 엄마도 용기를 냈다. 이제 내 차례다.

나는 축복받은 사람이다.

“할게요.”

아빠의 입가에 만족스러운 웃음이 떠올랐다. 1등은 가당

치도 않을 거라는 얼굴이다. 그 모습을 보자 전에 없던 투지가 치솟았다.

"됐어. 얘기 끝났어."

"전 안 끝났어요. 지금 하는 부탁은 로고를 그려 드린 대가로 생각해주세요."

아빠가 어이없다는 듯이 물었다.

"또 뭔데?"

"그 싱글맘. 만나지 마세요."

방에 돌아오자마자 의자에 쓰러지듯 주저앉았다. 떨리는 손 때문에 민아에게 보내는 카톡을 몇 번이나 고쳐 썼다. 핸드폰을 내려놓고 노트북 컴퓨터를 열었다. 심장이 또다시 쿵쿵대기 시작했지만 예전과 달리 기분 좋은 뻐근함이 가슴에 퍼졌다.

아린은 메일 창을 열었다. 그리고 선재에게 1년 만에 보내는 답장을 쓰기 시작했다.

* * *

교대역에 내리자마자 인터넷으로 미리 알아둔 주소를 향해 달렸다. 엄마는 여전히 전화를 받지 않는다. 도대체 어디 있는 걸까. 왜 전화를 받지 않을까. 불길한 예감으로 가슴이 터지려 할 때 손에 쥔 핸드폰이 진동했다.

민아야, 아빠가 너희 엄마 안 만나신대.
오늘 잡혔던 약속 취소됐어!
나, 미대 가고 싶다고도 말했어!
오후 1:30

안도의 한숨이 터져 나왔다. 민아는 서둘러 메시지를 입력했다.

언니, 고마워. 진짜 고마워!
그리고 정말 잘했어! 아빠한테 허락받은 거야?
오후 1:31

완전히 허락하신 건 아니지만 잘할 수 있을 것 같아.
어쨌든 민아야, 오늘만큼은 끝까지 방심하지 마.
오후 1:32

다시 고맙다고 쓰려는데 화면에 엄마 이름이 떴다. 민아는 전화를 받자마자 악을 쓰듯 소리를 질렀다.

"뭐야! 왜 이렇게 전화를 안 받는데!"

"어디긴 어디야, 지금 마트에서 알바할 시간이잖아. 일할 땐 전화 못 받는 거 알면서 그러니. 너는 지금 어딘데? 아침에 이마 짚어보니까 열이 있던데."

"진짜 짜증 나! 끊어!"

다리에 힘이 풀려 주저앉으려던 순간, 억센 손길이 어깨를 붙잡았다. 민아는 숨을 몰아쉬며 위를 올려다봤다.

"무견…… 오빠?"

야구 모자 아래로 빠져나온 낯익은 파란 머리카락이 보였다. 무견이 마스크 위로 손가락을 들어 올렸다.

"야, 중딩. 내 이름 동네방네 떠들래?"

"여기에서 뭐 해? 대전에서 여기까지 온 거야?"

"오늘이 너희 엄마 사고당하신 날이잖냐. 혼자보다는 둘이 지켜보는 게 낫지 않겠냐? 야, 근데 여기가 말로만 듣던 강남이구나. 진짜 딴 세상 같다. 건물도 죄다 높고 외제차밖에 없어. 네 덕분에 서울 구경을 다 한다!"

참았던 눈물이 쏟아졌다. 민아는 울음과 웃음이 섞인 목소리로 말했다.

"서울도 처음 와봤다면서 여긴 어떻게 알고 왔어?"

"변호사 사무실 이름이 아린 누나 이름이라며. 버스터미널 피시방에서 위치 검색해봤지."

"아린 언니가 해냈어! 언니 아빠가 우리 엄마 안 만난대. 미대 가고 싶다고도 아빠한테 얘기했대! 그래도 혹시 모르니까 오늘만큼은 끝까지 방심하지 말래."

"야, 진짜 잘됐다!"

두 사람은 요란하게 하이파이브를 했다. 그것도 모자라 손을 잡고 빙빙 도는 두 사람을 행인들이 흘끔거리며 지나쳤다. 무견이 갑자기 고개를 떨구었다.

진짜 해냈구나. 그럴 줄 알았어.

"설마 우는 거야?"

"아니거든! 너희 엄마는 지금 어디 계셔?"

"우리 동네. 마트에서 알바 중."

"오케이, 가자!"

민아 엄마는 여느 때처럼 마트 알바를 끝낸 뒤 집에서 저녁을 먹고 닭갈비 가게로 출발했다. 무견과 민아도 아파트 단지 안을 걷는 엄마를 뒤따랐다. 긴장이 풀려서일까 감기 때문일까. 바닥이 자꾸만 넘실거렸지만 아린의 당부를 떠올리며 정신을 다잡았다.

"야, 중딩. 많이 아프냐? 엄마 가게 들어가시면 약이라도 사 먹자."

"버틸 수 있어. 오늘만 넘기면 돼. 근데 잡히면 어쩌려고 여기까지 왔어?"

"괜찮아. 설마 대전 촌놈을 서울이랑 안산에서도 찾겠냐?"

민아 엄마가 무사히 집으로 들어가는 모습을 본 뒤, 다시 버스를 타고 대전으로 갈 생각이었다. 자수할 거라는 이야기는 나중에 해도 늦지 않는다. 지금은 민아 엄마를 지키는 일이 더 중요하다.

"오빠, 숨어!"

민아가 무견을 아파트 가로수 뒤로 끌어당겼다.

"뭐야? 왜 그러는데?"

아영과 지우가 팔짱을 낀 채 아파트 단지 정문으로 들어오고 있었다. 유난히 높은 지우의 웃음소리가 찬바람과 함께 흩어졌다. 수다를 떠느라 정신이 없는 아이들은 자신들이 사는 단지 쪽으로 방향을 틀었다. 아이들이 멀어질수록 학교와 집,

친구들로 이루어져 있던 익숙한 세상이 영원히 작별을 고하는 듯했다. 온몸에 열이 들끓는데도 가슴은 차갑게 식어 갔다. 전염성이 강한 지우의 웃음소리, 꼭 낀 팔짱 때문에 끈적이던 팔꿈치, 함께 나누던 시시콜콜한 수다들. 민아는 더 이상 함께할 수 없는 것들. 너무나 소소해서 소중함을 몰랐던 것들. 엄마를 무사히 구하면 용기를 내어 말해볼까. 그렇게 화를 내서 미안했다고. 하지만 너도 내 처지를 배려해주면 좋겠다고. 그러면 다시 친구가 될 수 있을까.

"됐어, 오빠. 가자."

민아는 다시 닭갈비 가게 쪽으로 무견을 이끌었다. 엄마가 닭갈비 가게로 들어가는 모습을 확인하고 둘은 인적이 드문 옆 골목으로 발길을 돌렸다. 그리고 편의점에서 산 빵과 우유를 나눠 먹으며 차가운 밤공기와 하염없이 더디게 흐르는 시간을 견디기 시작했다.

"오빠 형 말이야. 장애가 있다며……. 힘들지 않았어?"

"네가 예전에 그랬지? 사람들이 한부모 가정이라면 무조건 불쌍하게 본다고. 나도 마찬가지야. 형이랑 사는 게 행복하기만 했다면 거짓말인데 그건 다른 가족들도 그렇지 않냐?"

"그래도…… 우리한테라도 형 얘기를 하지 그랬어."

"딱히 얘기할 것도 없었어. 나한테는 그냥 가족이니까. 내가 태어날 때부터 우리 집에 있었던 우리 형이니까."

형을 떠올리자 가슴이 시큰거렸다. 날이 갑자기 추워졌는데 민아처럼 감기에 걸리지는 않았을까. 택환 아저씨 일로 스스로를 원망하지는 않을까. 무견은 점퍼 자락을 여미며 형 생각을 간신히 쫓아냈다.

"야, 중딩. 네가 이거 안 사줬으면 먹자골목 한복판에서 얼어 죽을 뻔했다."

킥킥거리던 민아가 무견의 팔을 흔들었다.

"오빠, 일어나. 엄마 나왔어."

"나도 옆에 있어도 돼?"

"도와주러 온 거 아냐? 우리 반 친구라고 할게."

무견이 민아를 멋쩍게 뒤따랐다. 하지만 엄마를 기다리던 사람은 민아와 무견만이 아니었다. 양복을 입은 남자가 그들보다 먼저 엄마에게 다가갔다. 불빛이 꺼지지 않은 닭갈비 가게 간판이 남자를 비췄다. 엄마와 비슷한 키에 비슷한 또래의 남자. 민아처럼 까무잡잡한 피부에 유난히 풍성한 머리숱과 진한 속눈썹. 남자는 엄마를 보자마자 뭐라고 쏘아붙였다.

"엄마……."

엄마의 얼어붙은 표정을 본 순간, 말도 안 되는 예감은 확신으로 바뀌었다.

"너 또 따라왔니? 몸도 안 좋으면서 왜 나왔어! 빨리 집에 들어가!"

남자의 빽빽한 속눈썹이 민아를 보며 천천히 오르내렸다.

"얘야?"

어느새 지저분해진 하얀 운동화가 뒷걸음쳤다. 이럴 줄 알았으면 얇아도 좀 더 비싼 점퍼를 입었을 텐데. 이럴 줄 알았으면 머리라도 제대로 빗고 나왔을 텐데.

"예쁘게 컸네."

남자는 그렇게 중얼거리더니 금세 엄마에게 고개를 돌렸다.

"갈게. 아까 통화했던 대로 제발 그 선에서 합의 보자. 왜 내가 이제 와서 덤터기 써야 되냐? 법이 그렇다고 하니까 나도 큰소리는 못 치겠는데, 솔직히 너도 불공평하다고 생각하지 않냐? 나도 이제 가족이 있으니까 쪽팔리게 소송까지 가지는 말자고. 생각해보고 연락 줘."

삑 소리와 함께 골목에 서 있던 자동차의 헤드라이트가 깜박였다. 눈물로 흐릿해진 시선이 자동차로 걸어가는 남자의 뒷모습을 쫓았다. 언젠가 아빠를 만난다면, 아빠가 그렇게 떠나버려서 미안하다고, 이제라도 잘하겠다고 사과한다면 몇 번 튕기다 받아줄 생각이었다. 아빠도 겁이 났을 테니까. 아빠도 그때는 나만큼 어렸을 테니까.

그런데 이게 다야? 이게 정말 끝이라고?

"저기요!"

민아의 목소리에 남자가 뒤돌아섰다.

"아저씨가 정말 내 아빠예요?"

남자는 민아의 시선을 피했다. 민아는 자신과 닮은 남자의 눈을 여전히 믿을 수 없다는 얼굴로 바라봤다.

"합의금 얼마 줄 건데요? 얼마나 대단한 돈을 주길래 그렇게 잘난 척이에요? 쪽팔리게 소송까지 가지는 말자고 했죠? 쪽팔린 건 임신한 엄마 길바닥에 버리고 튄 아저씨 아니에요? 아저씨도 처음에는 나 낳자고 했다면서요!"

남자는 아무 말도 하지 못했다. 무견은 야구 모자를 벗어 주머니에 쑤셔 넣고 남자에게 다가갔다. 남자의 반질반질한 얼굴에 주먹을 날리고 싶은 마음이 굴뚝 같았지만 택환 아저씨의 말을 떠올리며 분노를 눌렀다.

"이봐요, 아저씨. 그쪽 딸 오늘 처음 만난 거잖아요. 그럼 사과부터 해야죠. 미안하다고 무릎을 꿇어도 시원찮을 판에 감히 어디에서 돈 얘기를 꺼내요?"

무견은 민아 엄마를 향해 고개를 돌렸다.

"아줌마, 이 아저씨 차 보니까 엄청 부자인가 본데 이왕이면 돈 많이 받아요! 많이 안 주면 이 아저씨 가족한테 다 말한다고 해요. 자기 남편이 옛날에 무슨 짓을 했는지 이 사람 부인은 모를 거 아니에요. 이런 놈 때문에 둘이 힘들게 살았으니까 그럴 자격……."

"오빠, 나 아직 말 안 끝났어."

민아의 차가운 목소리가 무견의 말을 끊었다. 민아는 얼어붙은 손으로 눈가를 훔쳤다. 하얀 운동화를 신은 발이 앞으로 나아갔다.

"얼마나 보고 싶었는지 상상도 못 할 거예요. 아무리 생각하지 않으려고 해도 계속 궁금했어요. 이름은 뭔지, 얼굴이 나랑 닮았는지, 키는 큰지 작은지 모든 게 다 알고 싶었어요. 오늘 아저씨를 만나서 좋은 건 딱 그것뿐이네요. 지긋지긋한 궁금증이 풀렸다는 거. 도저히 아빠라고는 못 부르겠네요. 아빠는 가족인 사람한테 쓰는 말인데 아저씨는 우리 가족이 아니잖아요. 아저씨가 나랑 엄마를 버리고 도망친 순간부터 우리 가족은 나랑 엄마뿐이었으니까."

"민아야……."

민아는 엄마 팔을 뿌리쳤다.

"저기요, 아저씨. 다시는 이렇게 마음대로 찾아오지 마요. 우린 합의 같은 거 안 해요. 소송 제대로 할 거니까 준비나 잘하고 있어요."

무견이 말했다.

"아, 뭐 해요. 빨리 가요. 이제 얘기 끝났으니까!"

남자는 욕설을 낮게 내뱉으며 차로 걸어갔다. 연극이 끝난 무대처럼 때마침 간판 불빛이 꺼졌다. 세 사람은 차가 골목을 빠져나가는 모습을 말없이 지켜봤다. 마침내 민아 엄마가 무견을 흘끔거리며 딸의 옆구리를 찔렀다.

"쟤는 도대체 누구니?"

민아 엄마를 아파트로 올려보낸 뒤, 둘은 완연한 어둠이 내려앉은 아파트 단지를 걸었다. 민아가 슬그머니 무견의 팔짱을 꼈다.

"야, 중딩. 너 괜찮냐?"

"부글부글. 지글지글."

"오그라들게 뭔 소리야. 돌았냐?"

"나 괜찮아. 하고 싶은 말 몽땅 퍼부었더니 속이 후련해. 다 오빠 덕분이야. 엄마랑 둘이 있었으면 왠지 용기가 안 났을 것 같아."

"야, 그래도 내가 온 보람이 있지?"

둘은 푸하하 웃어 젖혔다. 인적 하나 없는 아파트 단지에 두 사람의 떠들썩한 웃음소리가 울려 퍼졌다.

"이제 들어가라. 난 다시 대전 가야지."

"와, 진짜 바보네. 여기에서 조금만 걸어가면 시간의 집이니까 그리로 같이 가면 돼. 나는 오빠 들어가는 거 보고 집에 갈게. 우리 내일은 다 같이 모여서 맛있는 거 먹자."

무견은 민아를 집 쪽으로 떠밀었다.

"알았으니까 들어가셔. 나 바람도 쐴 겸 버스 탈래. 한밤중에 누가 나한테 관심이나 있겠냐?"

"잡히려고 작정을 했구나? 야구 모자는 어디 갔어? 그거라도 빨리 써!"

다시 한번 민아를 밀어내려다 그대로 품에 끌어안았다.

나 자수할 거야.

마지막까지 아껴 두었던 말은 끝내 가슴속에서만 맴돌았다. 불 켜진 편의점 유리창에 두 사람의 모습이 비쳐 보였다. 무견은 자신의 허리를 감싼 민아의 작은 손과 자신의 머리카락을 바라보았다. 그렇게 갖고 싶던 검은 머리카락이 어느새 정수리를 빼곡히 뒤덮었다. 파란 머리카락이 모두 사라질 때쯤이면 봄이 찾아올 것이다. 그때쯤이면 우리들의 마음에도 봄의 찬란한 빛이 깃들 것이다. 아빠 말이 맞았다. 나는 감이 좋은 아이다. 그 집에 들어가면 좋은 일이 생기리라는 것을 처음부터 알고 있었다.

야, 중딩. 잘 지내라.

6

"민아야, 근데 그 키 큰 남자애 진짜 누구니? 정말 남자 친구 아니야? 엄청 잘생겼던데!"

아침 햇살이 민아의 부스스한 얼굴에 내리쬈다. 엄마가 눈동자를 반짝이며 자신을 내려다보고 있다.

"뭔 소리야……."

"어제 큰소리치던 파란 머리 남자애. 네 남자 친구냐고."

잘게 부서진 기억들이 머릿속을 떠다녔다. 교대역에서 엄마에게 애타게 전화했던 기억, 엄마의 일터를 따라다녔던 기억, 아빠를 만났던 기억이 차례로 스쳐 갔지만 남자애에 관한 기억은 어디에도 없다. 그런데 교대역에는 뭐 하러 갔을까. 엄마의 일터는 왜 따라다녔을까. 민아는 자신의 머리를 쓰다듬는 엄마의 손을 살며시 잡았다. 머릿속은 흐릿했지만 가슴은 나에게 주어진 이 삶을 꿋꿋이 꾸려 가겠다는 의지로 고동치고 있었다.

"요즘 세상에 연애한다고 반대할 생각은 없는데, 그래도 엄마로서 걱정돼서 물어보는 거야. 너희 예쁘게 사귀는 거 맞지?"

민아는 마침내 몸을 일으켰다.

"엄마, 자꾸 무슨 소리 하는 거야? 그 파란 머리 남자애가 누군데?"

7

침대에 누운 채 핸드폰으로 인터넷 뉴스를 넘겨봤다. 사회면에 '소년보호시설 한밤의 탈주극. 마지막 소년범 자수'라는 제목을 단 기사가 실려 있다. 무심한 손길이 기사를 클릭했다. 몇 달 전, 소년보호시설을 탈출한 아이들에 대한 기사를 읽었던 기억이 났다. 자수라니 잘됐다 싶었지만 지금은 얼굴도 모르는 소년범을 신경 쓸 때가 아니다. 어제 아빠와 약속했던 미술 대회 날짜가 한 달도 남지 않았다. '평등'이라는 주제를 보자마자 불꽃놀이를 구경하는 세 아이들의 모습을 그리겠다고 다짐했는데…….

아린은 핸드폰을 끄고 눈을 감았다. 보란 듯이 해내겠다는 자신감은 그대로였지만 이유를 알 수 없는 찝찝함에 금세 눈이 떠졌다.

그 아이들은 누굴까. 나는 왜 그런 그림을 그리려고 했을까.

8

"여자 친구가 사준 거라도 되냐? 그놈의 운동화 좀 그만 쳐다볼래?"

택환 아저씨의 목소리에 비난은 담겨 있지 않았다. 무견은 하얀 운동화에서 아저씨의 얼굴로 시선을 돌렸다.

"넉 달 동안이나 어디에 숨어 있었니? 친구 집?"

무견이 대답하지 않자 아저씨가 다시 채근했다.

"8월 20일부터 11월 8일, 그러니까 어제까지 어디에 숨어 있었냐고."

대답하지 않는 것이 아니라 못 하는 것이라는 사실을 어떻게 설명해야 할까. 오늘 아침 눈을 떴을 때는 안산에서 대전으로 향하는 시외버스 안이었다. 대전 경찰서에 가서 자수해야 한다는 건 알고 있었지만 왜 안산에 갔는지는 알 수 없었다. 시설을 탈출한 뒤에 어디에 있었는지도 전혀 기억이 나지 않았다. 이 나이에 치매라도 걸렸나. 여기저기 떠돌다 누구한테 머리를 얻어맞기라도 했나. 대답을 구하듯 다시 하얀 운동화를 내려다봤지만 어디에서 난 신발인지, 왜 이걸 신고 있는지도 모르겠다. 그래서일까. 왜 자꾸 이 운동화에 눈길이 갈까.

"최무견, 너 괜찮은 거냐?"

"저기요, 아저씨."

"응, 그래."

"제가 앞으로 어떻게 되든 이 운동화 좀 맡아주실래요?"

에필로그

별 내용도 없는 이력서를 점장은 날카로운 눈초리로 훑기 시작했다. 나는 가게 안의 초록색 탁자와 의자, 귀여운 미소를 띤 고양이 소품들을 흘끔거렸다. 아르바이트 시급이 더 높은 자리도 있었지만 이곳의 채용 공고를 보는 순간 마음이 끌렸다. 이번에도 역시, 이유는 모른다. 무언가를 놓치고 있다는 느낌, 소중한 걸 잃어버렸다는 느낌이 5년 동안이나 나를 괴롭혔다. 분명히 뭔가를 잃어버렸는데 그게 무엇인지도 왜 그런 생각이 드는지도 모르겠다. 누군가 불을 붙여주기만을 기다리는, 터지지 못한 폭죽들이 내 마음속에 가라앉아 있다. 답답한 심정을 애써 떨쳐내며 나는 아까 받은 명함을 바라본다.

포레스트 캣
점장 신이수

"대전이 고향인데 서울에 사나 보죠?"

"아, 여기에서 대학 다니거든요."

"가족들은 대전에 계시고?"

"네, 엄마는 공장에서 일하시고, 형은 도서관에서 사서 보조 일을 시작했습니다."

점장이 이력서에서 고개를 들고 나를 빤히 바라본다.

"건강하세요?"

"저요?"

"그쪽은 딱 봐도 멀쩡해 보이거든? 어머님 말이에요."

"네, 건강하십니다."

"다행이네. 장래 희망은?"

초등학생이나 받을 법한 질문에 이번에는 나도 눈에 힘을 주고 점장을 쳐다본다. 반말과 존댓말을 섞는 말투도 신경을 긁지만 내 앞에 앉은 젊은 남자는 대답이 정말 궁금하다는 얼굴이다.

"경찰 시험에…… 응시해보려고요."

"그렇게 자신감이 없어서 경찰이 되겠어요? 언제부터 일할 수 있어요?"

"내일부터도 가능합니다. 8월이라 학교도 여름 방학이라서요."

"오케이. 그럼 내일 9시부터 출근해요. 며칠 못 가르쳐주니까 정신 바짝 차리고. 내가 여기만 관리하는 게 아닌 데다 '그 집'에도 새 멤버들이 왔거든."

날카로운 인상에 어울리지 않게 점장이 눈을 찡긋해 보인다. 너도 사정을 알지 않느냐는 표정이지만 나는 어리둥절할 뿐이다.

"카운터로 와요. 하게 될 일 대충 설명해줄게."

점장을 따라가며 그가 신은 하얀 운동화를 바라본다. 내 하얀 운동화처럼 로고가 보이지 않는 평범한 운동화다. 점장의 윙크는 무슨 의미일까. 그 집이란 어디를 말하는 걸까.

나는 도대체 무엇을 잃어버렸을까.

점장의 설명을 듣는 동안 내 또래로 보이는 젊은 여자 손님이 들어온다. 하얀 운동화를 신은 씩씩한 발걸음에 짧은 치마가 나풀거린다. 여자는 케이크 진열대를 향해 얼굴을 들이민다.

"와, 역시! 진짜 비싸네. 이걸로 할게요! 레드벨벳 케이크 포장해주세요!"

여자는 진지한 얼굴로 조그만 지갑에서 지폐를 한 장씩 꺼낸다. 그 모습을 지켜보던 점장이 고개를 흔든다.

"손님은 특별히 무료로 드릴게요."

"헉, 왜요?"

"지금 이벤트 중이거든요. 음…… 스무 번째 손님한테는 무료로 드리는 이벤트인데 손님이 딱 스무 번째네요."

"진짜요? 사실 제가 여기 정말 와보고 싶었거든요. 오늘 첫 알바비 받은 기념으로 큰 결심 하고 온 거예요."

"잘됐네요. 집에 가서 엄마랑 먹어요."

"어! 그럴 생각이었는데 어떻게 아셨어요?"

점장은 한쪽 입꼬리를 올리며 진열대에서 케이크를 꺼낸다. 뭐라도 도와야 할 것 같은 마음에 여자에게 묻는다.

"초는…… 몇 개 드릴까요?"

"아, 초는 안 주셔도 돼요."

여자의 바짝 올라간 속눈썹이 내 얼굴을 살피며 오르내린다. 민망한 마음에 시선을 피하지만 나도 결국 여자를 다시 쳐다본다. 우리의 시선은 몇 번이나 멀어졌다 만나기를 되풀이한다. 여자가 궁금해서 못 참겠다는 듯이 묻는다.

"혹시 저 아세요? 같은 고등학교라도 다녔나?"

답답한 마음이 또다시 고개를 치민다. 기억을 헤집어보지만 여자의 얼굴은 결국 자욱한 안개 속으로 사라진다. 점장이 카운터에 케이크 상자 두 개를 올려놓으며 말한다.

"주문하신 레드벨벳 케이크 나왔습니다. 무견 씨는 가는 길에 근처 갤러리에 케이크 좀 배달해요. 나가서 왼쪽 방향으로 5분 정도 걸으면 간판이 보일 거예요. 갤러리 이름은 라혼."

대답도 하기 전에 점장은 내 손에 케이크 상자를 쥐여준다. 짧은 치마를 입은 여자는 이미 케이크 상자를 든 채 문을 나서고 있다. 점장이 내 등을 떠민다.

"아, 왜 이렇게 꾸물대? 빨리 따라 나가요! 내일 지각하지 말고!"

키 큰 나무들이 줄지어 선 길을 걷는다. 나풀거리는 나뭇잎들의 그림자 위로 하얀 운동화 두 켤레가 차례로 나아간다. 뜨거운 햇빛이 정수리를 달구지만 생생한 초록빛 풍경은 면접으로 긴장했던 마음을 누그러뜨린다. 나무에 시선을 뺏긴 채 걷다가 맞은편에서 다가오던 나이 든 남자의 다리에 케이크 상자가 부딪친다.

"죄송합니다."

미키 마우스 티셔츠를 입은 남자는 괜찮다는 듯 손을 들어 보이고 지나친다. 내 목소리에 앞서 걷던 여자가 고개를 돌린다.

"혹시 저 따라오시는 거예요?"

"아니에요! 지금 케이크 배달 가거든요?"

여자는 뒤돌아 다시 걷기 시작한다. 여자의 머리 위로 점장이 말했던 갤러리 간판이 보인다. 멀어지는 여자의 뒷모습에 마음이 초조해진다. 여자를 붙잡아야 한다고, 나의 감이 외치고 있다. 나는 결국 여자를 향해 뛰어간다.

"저기요, 지하철 타실 거예요?"

"네. 그런데요?"

"그럼 조금만 기다렸다 같이 가실래요? 이것만 배달하고 저도 지하철 타려고……."

용감하게 핸드폰 번호부터 물어봤어야 했나. 내가 생각해도 황당한 제안에 상자 손잡이를 쥔 손이 축축해진다. 여자는 내 얼굴을 진지하게 쳐다보다 결심한 듯 말한다.

"그냥 같이 들어갔다 가요."

여자와 함께 갤러리 안으로 이어지는 낮은 계단을 뛰어오른다. 차분한 분위기 속에서 관람객 몇 명이 벽에 걸린 그림들을 보고 있다. 케이크를 누구에게 배달해야 할지 두리번거리는 동안 여자는 어떤 그림 앞에서 걸음을 멈춘다.

"이 그림 좀 봐요. 진짜 잘 그렸다, 그죠?"

불꽃놀이를 올려다보는 세 사람의 뒷모습.

이곳에 왜 왔는지도 잊은 채 우리는 밤하늘에 펼쳐진 화려한 풍경을 바라본다. 그림에 마음을 빼앗긴 사이 한 여자가 다가온다. 여자는 내가 든 케이크 상자를 보며 묻는다.

"어, 포레스트 캣 맞죠?"

"네, 케이크 배달 왔습니다."

민소매 원피스를 입은 유난히 하얀 피부의 여자. 왼쪽 팔에 난 긴 흉터를 보고 황급히 시선을 피하지만 여자는 자신의 흉터를 전혀 개의치 않는 얼굴이다. 여자는 우리가 보고 있던 그림을 함께 쳐다본다.

"제가 제일 아끼는 그림이에요. 이 그림은 저한테 일어난 최고의 기적이거든요. 어때요? 그림이 마음에 드세요?"

여자가 조심스레 우리의 반응을 살핀다. 나는 그림을 보며 했던 생각을 솔직히 말한다.

"네. 당장이라도 저곳으로 달려가고 싶을 만큼."

"감사합니다! 정말 듣고 싶었던 칭찬이에요."

나는 마침내 여자를 똑바로 쳐다본다. 여자의 얼굴에도 5년 동안 나를 괴롭힌 의문이 담겨 있다. 여자가 고개를 갸웃하며 묻는다.

"그런데 혹시…… 우리 만난 적 있나요?"

여자의 목소리가 터지지 못했던 내 마음속 폭죽들에 불을 붙인다. 마침내 불꽃들이 날아오르며 답답한 안개를 밀어내기 시작한다. 크고 작은 불꽃들이 내뿜는 환한 빛이 내 마음을 비춘다.

나는 우리의 하얀 운동화를 내려다본다.

"네. 그런 것 같아요."

『그곳에 네가 있어준다면』

창작 노트

책 한 권을 낼 때마다 작가의 삶은 변한다. 『시간을 건너는 집』 첫 번째 이야기를 출간한 뒤로 나는 청소년들을 위한 강연을 시작하게 되었다. 내 인생에 일어난 가장 특별한 일들 중 하나였다. 가까운 학교부터 고속열차를 타고서도 몇 시간을 가야 하는 학교까지, 근 몇 년 동안 참 많은 아이들을 만났다. 나는 '말하는' 사람이 아니라 '쓰는' 사람이기에 모든 강연이 훌륭했다고 자부할 수는 없지만, 아이들을 직접 만날 때면 언제나 벅차고 설렜다.

강연 중간에 이를 때면 아이들에게 똑같은 질문을 던졌다. 여러분이 하얀 운동화를 받는다면 과거, 현재, 미래의 문 중에 어떤 문을 선택하겠느냐고. 아이들은 대부분 과거의 문을 꼽았다. BTS의 데뷔 날로 돌아가 그 역사적인 순간을 함께하고 싶다는 귀여운 대답도 있었지만, 과거로 건너가 부모님의 이혼을 어떻게든 막고 싶다는 가슴을 먹먹하게 하는 대답도 있었다. 누구나 자신의 시간을 과거로 돌리고 싶은 적이 있기 마련이지만 생각보다 많은 아이들이 자신의 '현재'를 사랑하지 않았다. 그 이유가 불투명한 진로 때문이든, 여유롭지 못한 집안 형편 때문이든, 오르지 않는 성적 때문이든 자신의 삶은 더 나아질 기미가 없다고 단정 짓는 아이들이 있었다. 그런 아이들을 보며 느꼈던 안타까움이 '시간의 집'을 다시 열리게 만들었다. 처음 만난 작가에게 자신의 속내를 선뜻 털어놓은 아이들에게 화답하는 마음으로 글을 쓰기 시작했다. 현실에 너무 빨리 지친 아이들을 위로하는 이야기, 막막한 현재를 빠져나갈 방법이 없다고 생각하는 아이들에게 작은 버팀목이 되는 이야기를 쓰고 싶었다. 돌아보면 학창 시절의 나에게도 그런 이야기가 간절히 필요했던 순간들이 있었다.

전작에 실렸던 창작 노트는 '당신의 삶이 늘 행복하면 좋겠다'는 말로 끝을 맺었다. 그 문장을 떠올릴 때마다 마음이 껄끄러웠다. 늘 행복하기만 한 삶은 어디에도 없기에 왠지 거짓말을 한 기분이었다. 우리의 삶이란 표지판 하나 없는, 어떤 갈래가 나올지 예측할 수 없는 길을 걷는 것이 아닐까. 돌부리에 채여 넘어질 수도, 거대한 산이 앞을 가로막을지도 모르지만 문득 내리쬐는 햇볕과 우연히 만난 좋은 동행자 같은 소소한 행복들이 분명히 존재하는 길. 그 길에 어떤 행운이 찾아올지는 누구도 알 수 없기에 우리가 할 수 있는 일은 하나뿐이다. 아무도 대신 걸어줄 수 없는 길을 한 걸음, 한 걸음씩 나아가는 것뿐. 부디 이 책이 자신의 길 위에 선 아이들에게 따뜻한 응원으로 가닿길 바란다.

2023년 가을

김하연

그곳에 네가 있어준다면

초판 1쇄 발행일 | 2023년 10월 18일
초판 4쇄 발행일 | 2024년 10월 25일

지은이 | 김하연
펴낸이 | 사태희
편　집 | 최민혜
디자인 | 홍성권
마케팅 | 장민영
제　작 | 이승욱 이대성

펴낸곳 | (주)특별한서재
출판등록 | 제2018-000085호
주 소 | 08505 서울특별시 금천구 가산디지털2로 101 한라원앤원타워 B동 1503호
전 화 | 02-3273-7878
팩 스 | 0505-832-0042
e-mail | specialbooks@naver.com
ISBN | 979-11-6703-088-7 (43810)